# LA
# CHIROBALISTE
## D'HÉRON D'ALEXANDRIE

TRADUITE DU GREC

En collaboration avec **M. VINCENT**, membre de l'Institut

ET NOUVELLEMENT RÉINTÉGRÉE

### DANS SA BATTERIE ET DANS SES PIVOTS

## PAR V. PROU,

INGÉNIEUR CIVIL

Καὶ γὰρ το μὲν ἐξ ἀρχῆς ἐπινοῆσαί τι, καὶ κατα
τὴν ἐπίνοιαν ἐξεργάσασθαι, μείζονος φύσεώς ἐστι·
τὸ δὲ εἰς διόρθωσιν ἢ μετάθεσιν ἀγαγεῖν τὸ ὑπάρχον,
εὐχερέστερον εἶναι δοκεῖ.

Une idée, féconde dans son germe et mûrie à
point par le travail, procède de plus haut, dans l'é-
chelle de l'intelligence, que le talent banal de corriger ou de modifier ce qui existe.

PHILON. *De Telorum constructione.*

Philosophia verò perficit architectum magno animo,
et uti non sit arrogans, sed potius facilis, æquus et
fidelis, sine avaritia, quod est maximum. Nullum
enim opus verè sine fide et castitate fieri potest.

VITRUVE. *De Architectura.*

## PARIS

A LA LIBRAIRIE ACADÉMIQUE

### DIDIER ET Cᵉ, LIBRAIRES-EDITEURS

35, QUAI DES AUGUSTINS

JUILLET 1862

# LA
# CHIROBALISTE
## D'HÉRON D'ALEXANDRIE

TRADUITE DU GREC

En collaboration avec M. VINCENT, membre de l'Institut

ET NOUVELLEMENT RÉINTÉGRÉE

## DANS SA BATTERIE ET DANS SES PIVOTS

## PAR V. PROU,

INGÉNIEUR CIVIL.

Καὶ γὰρ τὸ μὲν ἐξ ἀρχῆς ἐπινοῆσαί τι, καὶ κατὰ τὴν ἐπίνοιαν ἐξεργάσασθαι, μείζονος φύσεώς ἐστι· τὸ δὲ εἰς διόρθωσιν ἢ μετάθεσιν ἀγαγεῖν τὸ ὑπάρχον, εὐχερέστερον εἶναι δοκεῖ.

Une idée, fécondée dans son germe et mûrie à point par le travail, procède de plus haut, dans l'échelle de l'intelligence, que le talent banal de corriger ou de modifier ce qui existe.

PHILON, *De Telorum constructione.*

Philosophia verò perficit architectum magno animo, et uti non sit arrogans, sed potius facilis, æquus et fidelis, sine avaritia, quod est maximum. Nullum enim opus verè sine fide et castitate fieri potest.

VITRUVE, *De Architectura.*

## PARIS

A LA LIBRAIRIE ACADÉMIQUE

### DIDIER ET Cᵉ, LIBRAIRES-ÉDITEURS

35, QUAI DES AUGUSTINS

—

JUILLET 1862

PARIS.—IMPRIMÉ CHEZ BONAVENTURE ET DUCESSOIS,
55, quai des Augustins.

Le *Moniteur* a publié, le 21 mai dernier, une Note relative aux travaux de M. Vincent, membre de l'Institut, sur la Balistique des Grecs au II<sup>e</sup> siècle avant notre ère. Le savant académicien y recueille tout l'honneur d'avoir ressuscité la *Chirobaliste* d'Héron d'Alexandrie et restitué un texte qui avait fait jusqu'ici le désespoir des commentateurs.

En offrant à S. M. l'Empereur de se consacrer à cette œuvre délicate, M. Vincent avait affirmé que la *Chirobaliste* était une arme *aérotone*, ou *mue par l'air comprimé*. Le *Moniteur* annonce, au contraire, qu'elle est *sidérotone*, c'est-à-dire qu'elle emprunte sa force à des ressorts de fer ou d'acier.

M. Vincent n'a pas accompli seul les recherches qui ont modifié son opinion primitive. Dès l'origine, sa santé toujours chancelante l'avait obligé de s'assurer mon concours ; mais il n'a cédé qu'au bout de huit mois aux objections motivées et persévérantes de son collaborateur. Aussi, la Note du *Moniteur* eût provoqué de ma part une réclamation formelle, si l'absence de mon nom dans cette Note ne m'eût exposé, légalement, à être éconduit, par la raison même qui militerait pour me faire admettre.

C'est aux juges compétents que j'ai l'honneur de déférer ma cause ; et je viens leur soumettre mon travail personnel, avec une pleine confiance dans leur haute impartialité.

Je le divise en trois parties :

La première se compose d'une Introduction au *Traité* d'Héron d'Alexandrie, suivie d'un dessin d'ensemble avec légende explicative, et de la théorie mathématique de la *Chirobaliste*.

La deuxième comprend la Traduction du texte grec, accompagnée d'un commentaire technique et philologique des divers paragraphes.

La troisième partie, sous forme d'Appendice, résume, dans des notes séparées, les résultats nouveaux de mes recherches particulières sur les altérations du texte primitif, sur les organes les plus délicats du mécanisme, tels que la *Batterie* et les *Pivots;* enfin, sur le principe vital du système, avec un abrégé de la controverse soulevée entre M. Vincent et moi, au sujet du *moteur aérotone.*

En revendiquant ma part de droits acquis, j'aurai soin d'éviter toute exagération qui amoindrirait mon savant compétiteur. J'ai appliqué à ces recherches des connaissances littéraires secondées par une expérience suffisante de la Mécanique. Une étude préalable de la *Bélopée* d'Héron m'avait d'ailleurs initié à la théorie des armes de guerre antiques. J'ai abordé celle de la *Chirobaliste* sans idée préconçue, sans autorité à conserver intacte. Enfin, les circonstances mêmes qui m'ont souvent ménagé, en cette collaboration, une part d'initiative prépondérante, me consolent de la voir reléguée aujourd'hui dans l'ombre, et fortifient ma foi dans cette maxime de Bossuet, de qui une Voix auguste rappelait naguère l'imposant témoignage : *La modération, appuyée sur le vrai, est le plus ferme soutien des affaires humaines.*

# INTRODUCTION

La *Dédicace de la Chirobaliste à S. M. l'Empereur*, par M. Vincent, contient les passages suivants :

« Quant à la machine qui nous occupe, nous avons bien ici la description *plus ou moins complète des diverses parties dont elle se compose ; mais rien de la méthode nécessaire pour les assembler, rien sur la manière dont elles fonctionnent, rien enfin sur la force motrice qui doit les mettre en jeu et leur donner la vie....*

« Outre les différences que peut offrir, en général, un *texte littéraire des plus corrompus*, on en rencontre ici d'autres *non moins graves*, qui résultent, soit des lettres numérales, soit des lettres indicatives des figures, la *plupart du temps interverties, faussées ou entièrement omises.* »

Cette appréciation n'est pas d'une rigoureuse exactitude.

Le *Traité de la Chirobaliste* est la description minutieuse et complète d'une machine dont l'identité ressort avec évidence.

Le texte annexé à la traduction ci-après est celui de l'édition de Thévenot (*Paris*, 1693) ; les manuscrits n'en diffèrent que par des variantes insignifiantes.

Les corrections de détail, à raison moyenne de *une rectification par quatre lignes* de l'édition précitée [1], sont l'objet de renvois indiquant, à la fin de chaque paragraphe, les altérations qui s'y étaient glissées.

---

[1] Voir, ci-après, *Appendice*, Note I, *Statistique des altérations du Texte grec*.

La virtualité du sens technique retrouvé dans toutes les parties, l'ordre alphabétique des lettres descriptives, régulièrement observé par l'auteur, enfin la discussion des quantités numériques incertaines, à l'aide des cotes reconnues exactes, ont rendu facile ce travail de restitution littéraire, occasionné par les injures toutes superficielles du temps.

Sur 40 corrections :

22 concernent les *lettres indicatives* des figures ;
12 redressent des *fautes grammaticales* ;
5 s'appliquent à des *lettres numérales* ;
1 rétablit en sa place l'*unique mot disparu* du texte [1].

Le *Traité de la Chirobaliste* nous est ainsi parvenu, à travers vingt siècles, sans autres altérations que des négligences imputables aux copistes. Non-seulement sa forme didactique, toujours simple et précise, est demeurée intacte ; mais il offre le répertoire authentique des nombreuses pièces du mécanisme avec une telle exactitude, que toutes les dimensions s'y vérifient l'une par l'autre, et qu'on en peut déduire, par le calcul, des aperçus synthétiques de premier ordre, dont on trouvera plus loin des exemples [2].

Cet état de conservation presque absolue du texte original tient à une cause simple : nul, jusqu'ici, n'avait entrevu la vérité sur la *Chirobaliste*. A demi-comprise, la pensée d'Héron d'Alexandrie eût été travaillée sur le lit de Procuste des commentateurs. A ce point de vue, l'illusion de ceux qui ont cru distinguer, dans cet ouvrage, l'exposé de plusieurs machines, a moins entravé la découverte de la véritable, que l'hypothèse préconçue, et appuyée sur une modification imprudente du texte, qui a fait attribuer par M. Vincent l'*air comprimé* pour moteur à la *Chirobaliste* [3].

Dans la *Bélopée*, la manière de l'auteur est toute magistrale. Un exorde philosophique sur le si VIS PACEM, PARA BELLUM, y prélude avec art à une savante classification des armes de guerre, d'où la méthode des aperçus géné-raux, la marche progressive des inventions décrites, enfin l'intérêt soutenu du sujet, excluent les détails de construction courante, pour ne donner place qu'à de hautes et lumineuses considérations d'ensemble.

---

[1] Le πιττάριον de la batterie, à la fin du § 2.

[2] Voir ci-après : *Théorèmes sur la Chirobaliste* ; — *Appendice*, Note III, *Restitution définitive des Pivots*. — Le *biais*, indiqué aux extrémités de l'échelette, m'a servi de *base à l'explication technique de tout l'organe moteur, à la théorie balistique de l'arme, et à la vérification philologique* des autres données du mécanisme.

[3] Aux χωνοειδῆ, *bras conoïdes*, du § 5, le savant académicien avait substitué des *outres gonflées d'air*, χωρυκώδη. — Voir *Appendice*, Note IV, *Sur le principe moteur de la Chirobaliste*.

Ici, au contraire, la multiplicité des données pratiques entrave la synthèse. D'un autre côté, les *cotes d'exécution*, fil d'Ariane sous les doigts patients du mécanicien, mêlent des nœuds inextricables entre les mains du philologue. Une profonde érudition n'était donc pas indispensable pour retrouver une machine vivante dans cet *Aide-mémoire*, écrit, selon toute apparence, à l'usage des armuriers grecs. Et si l'exemple de Vitruve, dans sa description des armes de guerre[1], autorise à penser que ces constructeurs dissimulaient à dessein les procédés les plus délicats de leur art, on peut conclure, avec M. Vincent, qu'il fallait mettre en œuvre des notions pratiques toutes spéciales pour réussir, avec l'aide des données de l'auteur, à réintégrer partout l'idée dans la forme, à ressusciter enfin la *Chirobaliste*.

L'exposé d'Héron d'Alexandrie brille par les qualités en faveur dans les *Rapports* de nos ingénieurs modernes : sobre, concis, complet. Le soin extrême apporté à l'exactitude des détails décèlerait plutôt la plume de l'inventeur, qu'un recueil de notes prises *de visu* sur une machine déjà construite. Dans tous les cas, ce traité technique, où le dessin complète partout les idées du texte, est certainement le fruit d'une étude réfléchie qui, sans rien omettre d'essentiel, n'a jamais de redite.

Pour guider le lecteur à travers les détails d'une traduction hérissée de chiffres, on donne ci-après les dessins d'ensemble de la *Chirobaliste*, avec *légende* explicative et *théorie mathématique* de cette machine ; enfin, chaque paragraphe de la traduction est accompagné d'annotations courantes, qui montrent dans tout leur jour, non-seulement la merveilleuse fécondité du texte grec, mais encore l'intelligente discrétion de son auteur.

[1] *De Architectura.* lib. X, cap. xv-xviii.

# LA CHIROBALISTE

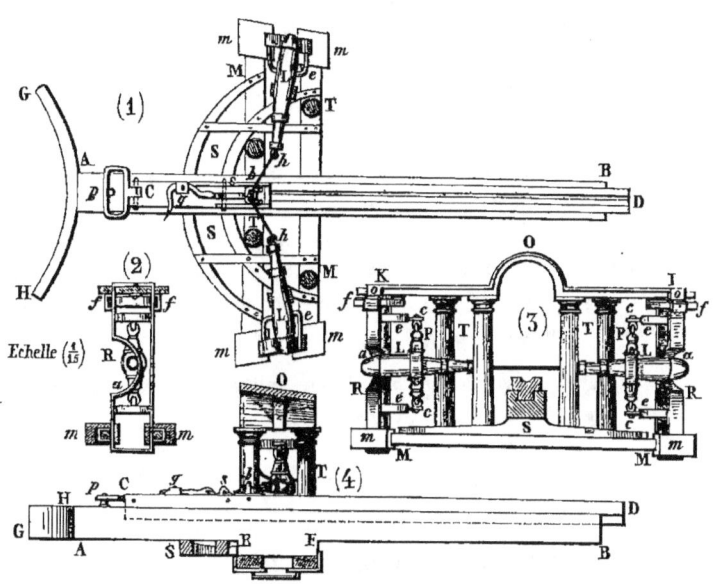

## LÉGENDE EXPLICATIVE.

Fig. 1 —Coupe horizontale de la *Chirobaliste*, à la hauteur de la flèche.
Fig. 2.—Cadre du *ressort*, vu de face.
Fig. 3.—*Cage, leviers et pivots*, en élévation.
Fig. 4.—Coupe en long de la *Chirobaliste*.

NOTA.—*La division des paragraphes est celle du texte grec.*

§ 1er. — **Coulisse et Tiroir**. — AB, *coulisse* ou corps de l'arme, à rainure longitudinale en queue d'hironde. — EF, *tasseau*, découpé dans l'œuvre de la
*coulisse ;* reçoit l'embase de la *cage*, et s'appuie sur la main gauche de l'archer, pendant le tir. — GH, *crosse* arquée, assemblée à tenon avec l'about
de la *coulisse*. — CD, *tiroir*, à glissement libre de deux doigts et demi ;
emboîté à languette dans la *coulisse* en queue d'hironde ; dépasse de deux à
quatre doigts et demi l'extrémité du corps de l'arme.

§ 2. — **Batterie**. — b, *bascule* ou *griffe* mobile, pour accrocher et entraîner la *corde*. — s, *serpenteau*, retenant la griffe. — g, *gâchette* calant le serpenteau. — p, *poignée* mobile, tirée de la main gauche, pour armer; retenue par un bouton fixé, près de la *crosse*, pendant le tir.

La *gâchette* pivote horizontalement; la *bascule*, le *serpenteau* et la *poignée* jouent par rabattement, dans l'axe du *tiroir*.

§ 3. — **Ressorts et Pivots**. — R,R, *ressorts* ou *lames d'acier*, flexibles et assemblés en *cadre*. — a,a, *gorge demi-circulaire*, recevant le talon du *levier* balistique. — o,o, *brides* d'assemblage des *ressorts* avec les *fourchettes* du toit; d'autres brides, cachées dans les *abouts* de l'*échelette* m,m, assemblent de même les *ressorts*, avec la partie inférieure de la *cage*. — e,e, *étriers* supportant les *attaches* des *pivots*. — c,c, *attaches* ou chaînons des *pivots*. — P,P, *pivots balistiques*.

§ 4. — **Cage**. — KOI, *arcade* ou couronnement de la *cage*. — f,f, *fourchettes en fer*, à chaque bout du *toit*, recevant les *ressorts*. — M,M, *échelette*: deux *longerons*, à *abouts* renforcés, m,m, pour l'assemblage des *ressorts*; une *traverse médiane*, clouée sous le *tasseau* EF. — S,S, *arcs-boutants* contreventés, pour maintenir la rigidité de l'*échelette*, en travers de l'arme. — T,T, *colonnettes*, complétant l'*arcade*.

§ 5. — **Bras balistiques**. — L,L, *leviers balistiques*, solides d'*égale résistance*. — h,h, *crochets* ou *attaches* de la *corde archère*.

---

## MANŒUVRE DE LA CHIROBALISTE.

1° *Tenir l'arme* de la main gauche, sous la traverse de l'échelette, et *appuyer horizontalement la crosse*, à la hauteur de la poitrine.

2° *Saisir et décaler* la poignée du tiroir, et *pousser* celui-ci en avant, de deux doigts et demi, avec la main droite.

3° *Accrocher* la corde et *armer* la batterie.

4° *Appuyer verticalement* la pointe du tiroir contre terre; — le poids de la machine et la pression de la poitrine (ou des bras) sur la crosse *font rentrer* le tiroir à bout de course; *fixer* la poignée d'arrêt.

5° *Remettre l'arme* dans la position n° 1 ci-dessus, et *poser le projectile* sur le tiroir.

6° *Elever l'arme* à la hauteur des épaules, sur lesquelles doivent s'appuyer les branches de la crosse, pour soulager la main gauche placée sous l'échelette.

7° *Mettre en joue*, et, de la main droite, *presser la détente*.

## TABLEAU RÉSUMÉ DES DIMENSIONS DE LA CHIROBALISTE.

| DÉSIGNATION DES PIÈCES. | | NOMBRE DE PIÈCES. | DIMENSIONS. | | | ESPACEMENT. | OBSERVATIONS. |
|---|---|---|---|---|---|---|---|
| | | | LON-GUEUR. | LAR-GEUR. | ÉPAISS^r OU DIAM. | | |
| | | | Doigts. | Doigts. | Doigts. | Doigts. | |
| **§ 1er.** Coulisse et tiroir | Coulisse .................... | 1 | 52 | 3 1/2 | 3 | » | |
| | Crosse arquée ............... | 1 | 20 | 1 | 3 | » | |
| | — Rayon de courbure . | » | 14 1/2 | » | » | » | |
| | — Corde — | » | 20 | » | » | » | |
| | — Flèche — | » | 4 | » | » | » | |
| | Tasseau découpé s⁹ la coulisse | 1 | 7 | 3 1/2 | 1 1/2 | » | |
| | — Distance à la crosse. | » | 17 | » | » | » | Vérification 52 |
| | — — à l'autre bout | » | 28 | » | » | » | |
| | Rainure de la coulisse ........ | » | 46 | 1 | 1 1/5 | » | Vérification 52 |
| | — Distance à la crosse. | » | 6 | 1 | 1 | » | |
| | Tiroir à languette ............ | » | 48 | 2 1/2 | 1 1/4 | » | Course 2ᵈ 1/2 |
| | — Siége de la batterie . | » | 13 1/2 | » | » | » | |
| | — Cannelure du trait .. | » | 34 1/2 | » | » | » | Vérification 48 |
| **§ 2e.** Batterie. | 1° Poignée ................... | » | » | » | » | 1 | |
| | 2° Gâchette ................. | » | » | » | » | 5 | Distances des axes |
| | 3° Serpenteau .............. | » | » | » | » | 9 | à la queue du tiroir. |
| | 4° Bascule ............. .... | » | » | » | » | 13 1/2 | |
| **§ 3e.** Ressorts et pivots. | Lames flexibles ou cadres.... | 4 | 20 | 1 2/3 | h | 3 1/2 | h, épaisseur des ressorts. |
| | Etriers des pivots ........... | 4 | 2 | 1 | h | 8 | |
| | Brides d'attache des cadres .... | 8 | » | » | 2/3 | » | Ouverture. |
| | Chape en bronze........... | 4 | 2 | h | 1 1/4 | » | |
| | Attaches des chapes.......... | 4 | » | h | 1 2/3 | 1 1/4 | Distance aux chapes. |
| | Pivots.................. | 2 | 3 | » | 2/3 | » | |
| | Cadres, d'axe en axe......... | » | » | » | » | 28 1/4 | |
| | Pivots, d'axe en axe......... | » | » | » | » | 20 | |
| **§ 4e.** Cage. | Ouverture de la voûte........ | » | » | » | 5 | » | |
| | Longueur de l'arcade......... | » | 23 1/2 | 6 1/2 | » | » | Vérification { 23 1/2 |
| | Fourchettes extrêmes........ | 2 | 4 | » | » | 3 1/2 | 8 |
| | Branches médianes.......... | 2 | 2 | » | » | » | Ensemble 31 1/2 |
| | Echelette en dedans des abouts extrêmes, avant........... | » | 24 | 2 | 1 | » | |
| | — arrière...... | » | 26 | 2 | 1 | 3 | Longueur moyenne de l'échelette = 25 |
| | Abouts extrêmes............. | 4 | 3 1/4 | 3 1/4 | 2 | 1 3/4 | Abouts........ 6 1/2 |
| | Biais à chaque extrémité...... | 1 | » | » | » | 1/8 | |
| | Traverse sous la coulisse. .... | 1 | 3 | 2 1/2 | 1 | » | Ensemble.. 31 1/2 |
| | Largeur totale de l'échelette.. | » | » | 7 et 8 1/4 | » | » | |
| | Colonnettes ........ ... | 4 | 13 | » | 2 | » | Distance moyenne des cadres à ressorts |
| | — avant.......... | 2 | » | » | » | 16 | Axes......... 28 1/4 |
| | — arrière.......... | 2 | » | » | » | 8 | Cad. en deh⁵. 26 1/2 |
| | Arcs-boutants............... | 4 | 14 | 1 | » | 2 1/2 | » en deh³. 30 |
| | Entretoises................. | 2 | 12 | 1 | » | 12 | |
| **§ 5e.** Bras Balistiq⁵. | Longueur .................... | 2 | 11 | » | » | » | Compris crochets. |
| | Diamètre à la pointe.......... | » | » | » | 1/2 | » | |
| | — à la base.......... | » | » | » | 1 | » | |
| | Longueur des crochets....... | 2 | 1/2 | » | » | 9 | Distance minima. |
| | Angle de rotation............' | » | » | » | » | 7° 1/2 | |
| | Ouverture de la corde tendue. | » | » | » | » | 125° | |

Nota—Le pied athénien valait environ 0ᵐ 30, et contenait 16 doigts. Mais il est question ici du pied philétérien, de l'École d'Alexandrie, qui valait 0ᵐ 36, soit environ 1/6 en sus du pied athénien, et contenait également 16 doigts. Le doigt philétérien vaut ainsi exactement 22 millimètres 1/2.

# THÉORÈMES SUR LA CHIROBALISTE.

**Théorème I.** — *Chaque levier pivote autour de son milieu, et la position initiale des leviers est dans le plan des pivots.*

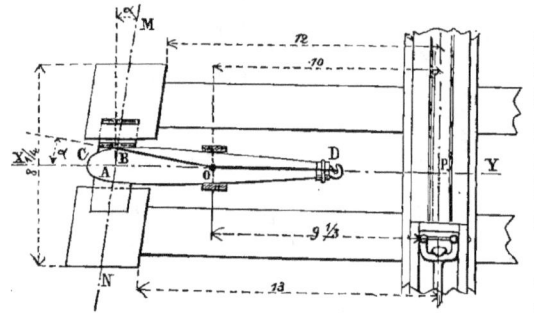

Soit XY la ligne des pivots ou l'axe longitudinal de l'échelette; soient CB le cadre à ressort de gauche, MN son axe médian, faisant l'angle MAY $= 90^{\circ} - \alpha$ avec l'axe de la machine.

Les dimensions de l'échelette, en nombres ronds, donnent $\alpha = 6^{\circ} 54'$, ou t.$\alpha = 0,121$. Par suite, le *biais théorique* est de $7^{\circ} 30'$ ou $\frac{1}{12}$ d'angle droit : or t. $7^{\circ} 30' = 0,131$. La différence des deux biais n'est ainsi que de 1 centième. On a d'ailleurs $\sin \alpha = 0,12$.

Cela posé, soit CD le levier balistique, appuyant son talon en B au fond de la gorge du ressort; ce talon ayant 1 doigt de diamètre, on en conclut $AB = \frac{1}{2}$ doigt.

Si le levier CD est, dans sa *position initiale, placé suivant l'axe XY de l'échelette*, c'est que cette *direction est avantageuse pour la fonction du système; vérifions* donc le *fait* par ses *conséquences.*

Le jeu du ressort se produit suivant MN; par suite, l'effort moyen du bras doit s'écarter le moins possible de cette ligne, et la ligne BO, joignant le point d'appui au centre de rotation du levier, doit, par conséquent, être perpendiculaire à MN, ou s'en écarter d'une faible quantité.

Menons donc BO perpendiculaire à MN; dans notre hypothèse, O sera le centre du pivot balistique.

On a la relation

$$AB = AO \sin \alpha, \quad \text{ou } 0,50 = AO \times 0,12, \quad \text{d'où } AO = 4^{d}17$$
$$\text{A ajouter la demi-largeur du ressort, ou } \tfrac{1}{2}\left(\tfrac{5}{3}\right) = 0^{d}83$$

Distance du pivot O au plan extérieur du cadre, suivant $XY = \underline{\underline{5^{d}00}}$

Enfin, si l'on ajoute à cette quantité $\frac{1}{4}$ de doigt, saillie du talon en dehors du cadre, destinée à corriger l'effet du biais, on voit que le pivot est à $5^{d}\frac{1}{4}$ de l'extrémité du levier.

Or, d'après l'auteur, la longueur totale de ce levier, y compris $\frac{1}{2}$ doigt pour le crochet de la corde, est de 11 doigts; le levier proprement dit mesure donc $10^{d}\frac{1}{2}$, double de la distance du pivot à l'extrémité du talon. *Donc le levier pivote autour de son milieu, et sa position initiale est dans le plan des pivots.*

COROLLAIRE I.—D'un cadre à l'autre, la distance, mesurée de dehors en dehors, suivant XY, est de 30 doigts; si l'on retranche, à chaque extrémité, 5 doigts pour la distance au pivot voisin, il reste 20 doigts pour l'intervalle entre les pivots.

COROLLAIRE II.—Le point d'appui du talon sur le ressort doit, autant que possible, demeurer constamment sur la ligne MN, médiane du cadre. Il suffit pour cela d'arrondir le bout du talon BC, par une courbure telle que le point d'appui y parcoure un arc égal à l'allongement du levier idéal OB, pendant la rotation; si ρ désigne le rayon de courbure variable du talon, on aura donc

$$ds = \rho\, d\omega = p\, d.\ \text{séc } \omega = p\,\frac{t\omega}{\cos \omega}\, d\omega, \text{ d'où } \rho \cos \omega = p\, t\omega.$$

*ds*, différentielle de l'arc de courbure du talon, parcouru par le point d'appui du levier, pendant la rotation ω du bras;

*p*, longueur de la perpendiculaire BO.

Au maximum, $\omega = 7° 30'$, et $\rho = \frac{1}{2}$ doigt.

COROLLAIRE III.—Les deux bras théoriques du levier étant OB et OD, on voit que ce levier est coudé sous l'angle aigu α.

COROLLAIRE IV.—Les distances du pivot à l'origine et à l'extrémité du crochet sont de $5^{\mathrm{d}}\frac{1}{4}$ et de $5^{\mathrm{d}}\frac{3}{4}$; la corde est donc attachée moyennement à $5^{\mathrm{d}}\frac{1}{2}$ du pivot. Comme elle doit être tendue, à l'instant initial, dans le plan des pivots, sa longueur totale est de 9 doigts, et si l'on en retranche $1^{\mathrm{d}}\frac{1}{3}$ pour la largeur de la griffe qui la saisit en son milieu, il reste à compter environ 4 doigts, pour chaque brin de corde tenu oblique par la tension de l'arme, et subissant un certain allongement.

THÉORÈME II.—*Quand la machine est armée, le point d'appui du levier sur le ressort, le pivot et le doigt voisin de la griffe à bascule sont en ligne droite.*

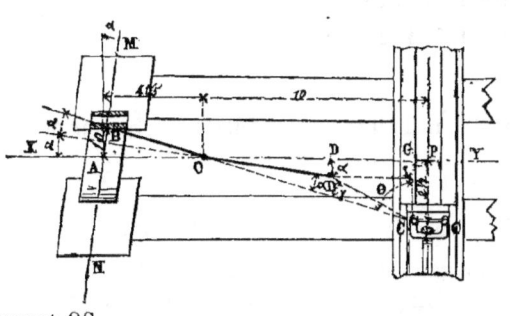

D'après les dimensions du tiroir, la distance CC' des doigts de la griffe-bascule est de $\frac{4}{3}^{\mathrm{d}}$; on en déduit $OG = 9^{\mathrm{d}}\frac{1}{3}$, pour la distance, mesurée sur l'axe XY, du pivot au doigt voisin de la bascule. La course du tiroir est d'ailleurs de $2^{\mathrm{d}}\frac{1}{2}$.

On en déduit, en joignant OC.

$$\text{t. YOC} = \frac{2,50}{9,33} = 0,268, \quad \text{et} \quad \text{YOC} = 15°$$

Si l'on prolonge CO jusqu'en B', OB' sera la position limite du bras de levier théorique BOD (*voir la figure précédente*) correspondant à la rotation $\alpha = 7° 30'$ de ce levier. Dans cette hypothèse, les trois points B', O et C sont en ligne droite, et la ligne B'OC fait un angle de 75° avec l'axe balistique de l'arme. *Vérifions* encore *cette supposition* par ses *conséquences pratiques.*

Le levier BOD occupe alors la position B'OD', et OD' est la bissectrice de l'angle YOC; elle est, de plus, perpendiculaire au plan du ressort.

Quant à la corde archère, elle est tendue obliquement suivant CD'; soient θ l'angle D'CY, H la course du tiroir, OG $= \delta c =$ D'C et B $=$ OD'; on aura

$$(1) \ \text{B} \cos \alpha + c \sin \theta = \delta, \quad (2) \ \text{B} \sin \alpha + c \cos \theta = \text{H}.$$

Posant B $= 5\frac{1}{2}$, $c = 4$, $\delta = 9\frac{1}{3}$, H $= 2\frac{1}{2}$, $\alpha = 7° 30'$,

on trouve $\cos \theta = 0.45$; et, en nombre rond, $\theta = 62° 30'$.

Par suite, les deux brins de la corde tendue font entre eux un angle de 125°; de plus, chacun d'eux fait avec le bras conjugué un angle de 160°. On a, en effet,

$$\text{OCG} - \theta = 75° - 62°\tfrac{1}{2} = 12°\tfrac{1}{2}, \text{ et D'OC} + \text{OCD'} = 7°\tfrac{1}{2} + 12°\tfrac{1}{2} = 20°.$$

Ainsi, dans l'hypothèse ci-dessus, la machine armée présente une série d'angles *exactement proportionnés*, et formés par :

1° Le bras pressant le ressort, avec l'axe de l'échelette   15°
2° La ligne du pivot à la griffe....... *idem* ........   15°
3° Le bras tiré par la corde.......... *idem* ........   7°$\frac{1}{2}$
4° La corde oblique ................ *idem* ........   27°$\frac{1}{2}$
5° La corde avec le bras conjugué................   160°
6° Les deux brins de la corde entre eux............   125°
7° Les lignes théoriques B'OC, entre elles...........   150°

CorollAire I.—La corde tendue ne se trouve pas dans le prolongement du bras; elle fait avec lui un angle aigu de 20°. On verra tout à l'heure que, malgré l'opinion de M. Vincent sur ce point, la position rectiligne de la corde et du bras exigerait une *tension infinie de la corde*, ce qui est pratiquement impossible.

CorollAire II.—La flexion du ressort a pour mesure

$$f = \text{BB}' = p. \ t. \ 7°\tfrac{1}{2}; \ \text{or, } p = 4, \ t. \ 7°\tfrac{1}{2} = 0.13.$$

On en déduit $f = \frac{1}{2}$ doigt.

CorollAire III.—En projetant la ligne brisée OD'C sur OC, on trouve OC $=$ B $\cos \alpha + c \cos \gamma$; or, B $= 5\frac{1}{2}$, $c = 4$, $\gamma = 75 - 62°\frac{1}{2} = 12°\frac{1}{2}$, et par suite OC $= 9\frac{1}{3}$.

Or, si les pivots sont fixes, on doit avoir OC $= \sqrt{\overline{\text{OG}}^2 + \overline{\text{CG}}^2} = 9^d\frac{2}{3}$.

Abstraction faite de l'allongement de la corde par la tension, les pivots doivent donc se rapprocher l'un de l'autre, chacun de $\frac{1}{3}$ de doigt, suivant OD'. Cette condition, ajoutée à la faible amplitude de rotation des leviers, explique le rôle des *attaches à chaînons des pivots.* D'un autre côté, la mobilité de ces pièces leur permet de réagir vivement sur la corde, à l'instant de la détente, et de lui imprimer une vibration transversale, qui produit un choc puissant sur le projectile.

THÉORÈME III.—*Le rapport de la force balistique totale à la somme des tensions des ressorts augmente avec l'angle de rotation du bras ; et il varie de 1 à 1½.*

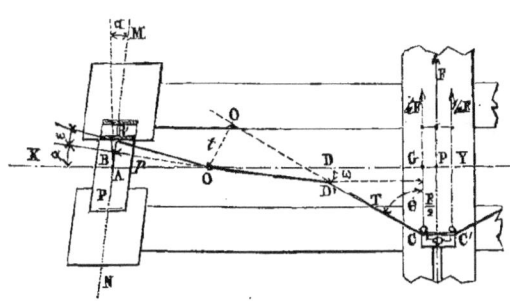

Soit P la tension du ressort, dirigée suivant l'axe MN du cadre, et correspondante à la flexion BB′=$f$ ; soient l'angle B′OB = ω ; OB = $p$, bras de levier du moment de la force P ; OD′=B, bras attaché à la corde ; — soient encore T la tension de la corde, sous l'angle θ avec l'axe du tiroir ; O′=$t$ le bras de levier de cette tension, tel que

$$t = \mathrm{OD}' \cos(\theta + \omega) = \mathrm{B}\cos(\theta + \omega).$$

On a, par les moments des forces P et T en équilibre,

$$\mathrm{P}p = \mathrm{T}t = \mathrm{TB}\cos(\theta + \omega),$$

d'où

$$\mathrm{T} = \frac{\mathrm{P}p}{\mathrm{B}\cos(\theta + \omega)}.$$

En projetant la tension T sur l'axe du tiroir, avec lequel elle fait l'angle θ, on obtient la composante de la force balistique déterminée par cette tension T ; or, chaque ressort développe moitié de la force totale de l'arme, et par suite

$$\frac{\mathrm{F}}{2} = \mathrm{T}\cos\theta = \frac{\mathrm{P}p\cos\theta}{\mathrm{B}\cos(\theta+\omega)}.$$

On en déduit        (3)        $\dfrac{\mathrm{F}}{2\mathrm{P}} = \dfrac{p\cos\theta}{\mathrm{B}\cos(\theta+\omega)}.$

On voit d'abord que le rapport $\dfrac{\cos\theta}{\cos(\theta+\omega)}$ varie avec l'amplitude de la rotation ω ; et comme on a $\cos(\theta+\omega) = \cos\omega\cos\theta - \sin\theta\sin\omega,$

on peut poser    (4)    $\dfrac{\cos\theta}{\cos(\theta+\omega)} = \dfrac{1}{\cos\omega - \sin\omega\, t.\theta},$

d'où        $\dfrac{\mathrm{F}}{2\mathrm{P}} = \dfrac{p}{\mathrm{B}(\cos\omega - \sin\omega.\,t.\theta)}.$

Les angles ω et θ croissent simultanément, et par suite sin ω t.θ, en même temps cosω diminue ; d'où l'on voit que *le rapport* $\dfrac{\mathrm{F}}{2\mathrm{P}}$ *croît graduellement avec l'oscillation* ω.

Pour ω=0, à l'instant initial, on a $\dfrac{\mathrm{F}}{2\mathrm{P}} = \dfrac{p}{\mathrm{B}} = \dfrac{4}{5.50} = 0.90.$

Et pour $\omega = \alpha = 7°\frac{1}{2}$, on a cosω=0,991, sin ω=0,131, t.θ=1,921,

d'où    $\dfrac{\cos\theta}{\cos(\theta+\omega)} = \dfrac{1}{0,991 - 0,251} = 1,54,$ et $\dfrac{\mathrm{F}}{2\mathrm{P}} = 0,9 \times 1,54 = 1,40.$

Les rapports 0.90 et 1,40 montrent que l'intention de l'auteur était d'obtenir au maximum une force balistique *triple* de celle d'*un ressort*. C'est ce qui devait résulter, pour lui, du tracé de l'épure construite d'après les angles trouvés plus haut, et d'après les principes élémentaires de la *statique*. Les valeurs *théoriques* du rapport calculé ci-dessus varieraient donc, suivant Héron, de 1 à $1\frac{1}{2}$.

COROLLAIRE I. Le rapport (4) serait *infini*, si l'on avait $\cos \omega = \sin \omega \, t. \theta$, ou $\omega = 90° - \theta$, c'est-à-dire, si la corde était dans le prolongement du bras : la tension de la corde serait alors *infinie ;* conséquence inadmissible dans la pratique.

COROLLAIRE II.—Le rapport $\dfrac{F}{2P} = \dfrac{p \cos \theta}{B \cos(\theta+\omega)}$ montre qu'il y avait avantage à placer le pivot au *milieu* du bras, puisqu'en l'*éloignant* du ressort, on *augmentait* la quantité $p$, et l'on *diminuait* inversement la quantité B. Le calcul explique donc et justifie pleinement les proportions adoptées par Héron d'Alexandrie.

COROLLAIRE III.—Au point de vue balistique, il est avantageux que la force F soit le plus grande possible, par rapport à celle des ressorts ; mais son *travail mécanique,* à chaque instant de la tension de l'arme, est constamment égal à celui des ressorts.

En effet, en différenciant les équations de condition, établies au théorème II, on en déduit :

$$\frac{dh}{d\omega} = B \cos \omega - B \sin \omega . t. \theta,$$

et par suite $\dfrac{F}{2P} = \dfrac{pd\omega}{dh}$, et $Fdh = 2Ppd\omega$.

Or, $pd\omega$ est le parcours élémentaire de la flexion P, pendant que le tiroir recule de $dh$. Il suffit donc d'évaluer le travail total des ressorts, pour déterminer la force vive de l'arme.

COROLLAIRE IV.—Si l'on désigne par $f$ la flexion du ressort, pour l'angle $\omega$ décrit par le bras ; par $\Delta$, la distance des extrémités encastrées du ressort, ou l'intervalle des étriers qui soutiennent les pivots ; par $a$ la largeur et $b$ l'épaisseur du ressort flexible ; enfin par E, le coefficient d'élasticité du métal ; on a entre la flexion $f$ et la tension P du ressort (Claudel, *Formules*, 1857, p. 287) :

$$f = \frac{P\Delta^3}{16\,Eab^3}\,; \quad \text{posant} \quad \frac{\Delta^3}{16\,Eab^3} = \frac{1}{K}, \quad f = \frac{P}{K}, \quad P = Kf.$$

Or $f = BB' = OB\, t.\omega = p\, t.\omega$, d'où $P = Kp\, t.\omega$, et $df = \dfrac{pd\omega}{\cos^2 \omega}.$

Le travail élémentaire du ressort a pour valeur

$$Pdf = Kp\, t.\omega\,.\,df = Kp^2 \frac{t.\,\omega\, d\omega}{\cos^2 \omega}.$$

Le travail total des deux ressorts réunis a donc pour intégrale générale

$$2Kp^2 \int \frac{t.\omega d\omega}{\cos^2 \omega} = 2Kp^2 \int \sec \omega.d \sec \omega,$$

$$\text{ou } 2Kp^2 \frac{\sec^2 \omega}{2} + G = \frac{Kp^2}{\cos^2 \omega} + \text{constante.}$$

On en déduit, pour l'intégrale particulière, entre $\omega = 0$, et $\omega = \alpha$.

$$\text{Travail total} = 2Kp^2 \int_0^\alpha \sec \omega \cdot d \sec \omega = Kp^2 \left( \frac{1}{\cos^2 \alpha} - 1 \right).$$

$$\text{ou (5)} \quad \text{Travail total} = Kp^2 \frac{\sin^2 \alpha}{\cos^2 \alpha} = Kp^2 t.^2 \alpha,$$

et comme    (6)    $K = \dfrac{16 E ab^3}{\Delta^3}$,    Travail total $= \dfrac{16 E a p^2 b^3}{\Delta^3} t.^2 \alpha.$

Si les ressorts sont en acier fondu, le *module d'élasticité* E, rapporté au doigt pris pour unité de mesure des dimensions de la machine, a pour valeur

$$E = 10,632,900.$$

Et en posant $a = 1\frac{2}{3}, p = 4$,   $t.\alpha = 0,132$, $\Delta = 8$, et $b$ épaisseur indéterminée, il vient

$$\text{Travail total} = 5,316,450 \times 1,67 \times 0,0174 \times b^3 = 159,500 \, b^3.$$

CorOLLAIRE V.—D'après la formule (5), le travail de chaque ressort a pour valeur totale

$$\frac{Kp^2 t.^2 \alpha}{2} = Kp \, t.\alpha \times \frac{pt.\alpha}{2}.$$

Or, $Kp \, t.\alpha$ est la mesure du poids qui, appliqué directement au ressort, lui donnerait la flexion $f_\alpha$, et $\dfrac{pt.\alpha}{2}$ est la moitié de cette flexion : le travail élastique total est donc absorbé, moitié par les résistances moléculaires du ressort, et moitié par l'accélération du mouvement de flexion. Mais, à la détente, il se régénère complétement en effet balistique.

Si l'on désigne par $\mu$ la masse du projectile, et V la vitesse que lui imprime la détente, on a

$$Kp^2 t.^2 \alpha = \frac{1}{2} \mu V^2, \quad \text{d'où } V = pt.\alpha \sqrt{\frac{2K}{\mu}};$$

à cause de

$$K = \frac{16 E ab^3}{\Delta^3},$$

il vient

$$V = \frac{4 pbt.\alpha}{\Delta} \sqrt{\frac{2 E ab}{\mu \Delta}},$$

et comme $S = ab$, section encastrée, et $pt.\alpha = f$, flexion du ressort, on a

enfin

$$V = \frac{4 bf}{\Delta} \sqrt{\frac{2 ES}{\mu \Delta}}.$$

FIN DES THÉORÈMES SUR LA CHIROBALISTE.

# CONSTRUCTION ET DIMENSIONS

### DE LA

# CHIROBALISTE

#### PAR

## HÉRON D'ALEXANDRIE

# § 1ᵉʳ. — COULISSE ET TIROIR.

Γεγονέτωσαν κανόνες δύο πελεκινωτοί, οἱ αβ, γδ, ἐν τετραγώνοις πελεκίνοις, ὧν θῆλυς μὲν ἔστω ὁ αβ, ἄῤῥην δὲ ὁ γδ.

Καὶ τὸ μὲν μῆκος ἐχέτω ὁ αβ πόδας γ´ καὶ δακτύλους τέσσαρας, τὸ δὲ πλάτος ἐχέτω δακτύλους γ´ς″, τὸ δὲ πάχος δακτύλους δ´ς″.

Ὁ δὲ γδ τὸ μῆκος ἐχέτω πόδας γ´, τὸ δὲ πλάτος ὡς δύο ἥμισυ, τὸ δὲ πάχος δάκτυλον α´ δ″¹.

Ἐχέτω δὲ τὸ βάθος ὁ σωλὴν τοῦ αβ κανόνος δάκτυλον α´ ε″.

Τοῦ δὲ αβ σωλῆνος ἡ μὲν οζ σεσωληνίσθω οὖσα ποδῶν β´ς″ [καὶ] δακτύλων ς´ · λοιπὴ ἄρα ἐστὶν ἡ ζλ δακτύλων ἕξ.

Ἀπειλήφθω δὲ πάλιν τοῦ αβ κανόνος ἡ αθ, ποδὸς α´ς″ καὶ δακτύλων δ´· ἡ δὲ βχ² ποδὸς ἑνὸς καὶ δακτύλου ἑνός· λοιπὴ ἄρα ἡ χθ ἔσται δακτύλων ἕπτα.

Ἀπειλήφθω δὲ πάλιν τοῦ αβ κανόνος, τοῦ πάχους τῶν δ´ς″ δακτύλων, δάκτυλος α″ς´δ· καὶ τετμήσθω ἕως τῆς αθ, καὶ τῆς βχ¹, ὥστε εἶναι τὸ θχ μέρος, τῶν αὐτῶν δακτύλων δ´ς″, τοῦτεστι χψυφ.

Γεγονέτω δὲ καὶ σωληνοειδές τι σχῆμα τὸ ηβ⁵· καὶ τρηθὲν ἐν μέσῳ τετραγώνῳ τρήματι⁶, γεγενήσθω τῷ λβ⁷ ἄκρῳ τοῦ αβ κανόνος, ὡς τὸ σχῆμα ὑπόκειται.

Τοῦ δὲ γδ σωλῆνος ἡ μὲν εδ ἔστω ἄῤῥην πελεκῖνος, καὶ ἁρμοστὸς γεγονέτω τῷ θήλει πελεκίνῳ τοῦ αβ κανόνος, τῷ οζ⁹ μέρει, τοῦτ᾽ ἔστι τὸ δε μέρος τοῦ γδ κανόνος.

---

Soient deux règles en bois AB et GD, à rainure et languette taillées en queue d'hirondelle. AB est la *femelle* [ou la *coulisse*], GD est le *mâle* [ou le *tiroir*]. (*Note 1.*)

La *coulisse* AB a les dimensions suivantes :

| | |
|---|---|
| Longueur, 3 pieds 4 doigts [ou 52 doigts] | |
| Largeur | 3 1/2 |
| Épaisseur | 4 1/2 |

Le *tiroir* mesure :

| | |
|---|---|
| Longueur, 3 pieds | [ou 48 doigts] |
| Largeur | 2 1/2 |
| Épaisseur | 1 1/4 |

La rainure de la pièce AB a une profondeur de 1 d. 1/5.

Elle règne de O en Z, sur une longueur de 2 pieds 1/2 et 6 doigts [ou 46 d.]. La partie restante ZL est ainsi de 6 d.

Cela posé, prenons, sur la longueur de la *coulisse* AB, une ligne AC, de 1 pied 1/2 et 4 doigts, [ou de 28 doigts] ; puis une autre ligne BK de 1 pied 1 doigt [ou 17 doigts]. La partie [intermédiaire] KC aura ainsi 7 doigts.

Prenons encore, sur l'épaisseur de 4 doigts 1/2 de la *coulisse* AB, une tranche de 1 doigt 1/2, que nous recoupons de A en C, et de B en K, de manière que la partie [intermédiaire] KC, conserve les 4 doigts 1/2 primitifs, et forme un *tasseau* tel que *qvuf* (*Note 2.*)

Soit enfin une *crosse* HB, évidée en segment circulaire, et assemblée par une mortaise carrée, pratiquée en son milieu, avec l'about de la *coulisse* AB, comme on le voit sur la figure. (*Note 3.*)

La languette *ed.* en queue d'hirondelle, organe *mâle* du *tiroir* GD, s'emboîte dans la rainure *de* de la pièce *femelle* [ou *coulisse*] AB, dont le *creux* OZ épouse exactement la *saillie* de du *tiroir* GD. (*Note 4.*)

---

TEXTE.—1. Ὁ δὲ αδ.—2 Ἡ δὲ χ ποδός, etc.—3. αζ.—4. Ἕως τῆς αχ, καὶ τῆς λθ.—5. Alias, τὸ νβ.—6. Σχήματι.—7. Τῷ αβ.—8. Σωλῆνος, pour κανόνος, fait peut-être allusion à la *cannelure*, ou *ἐπιτοξίτις*, du *tiroir*.—9. αζ.

## § 1er. — COULISSE ET TIROIR.

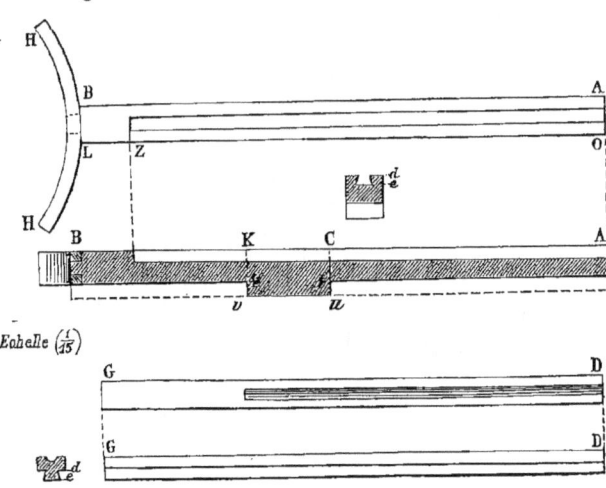

Echelle $(\frac{1}{15})$

## NOTES SUR LE § 1er.

NOTE 1. — M. Vincent traduit : *AB et CD, emboîtées à rainure et à languette, etc.*; mais il s'agit seulement ici de la *forme*, et non de l'*assemblage* de ces deux pièces, qui est nettement expliqué au dernier alinéa de ce paragraphe.—*En queue d'hironde*, image technique, conforme à celle du *fer de hache* grec.—*Pièce mâle*, pièce *femelle*, termes identiquement conservés chez les constructeurs modernes.

Dans la *Bélopée*, la *coulisse* est appelée σύριγξ; et le *tiroir*, διώστρα; le même traité fournit les termes de charpente παραστάτης, ἀντιστάτης, μεσοστάτης, περίτρητον, ἀντείριδες, qui signifient littéralement : *montant latéral, de face* ou *intermédiaire, couronne, contre-fiches.* Nos serruriers appellent *œil* le trou, τὴν ὀπήν, où s'ajuste la *broche* de la *gâchette* ou du *serpenteau* de la *Chirobaliste*. (*Voir ci-après*, § 2.) Il y aurait une étude intéressante à faire sur ces affinités mystérieuses de la formation des langues, qui composent le vocabulaire des arts et métiers, à des époques et chez des peuples si différents, de mots techniques absolument semblables, non-seulement par leurs applications, mais encore par leur signification étymologique.

NOTE 2.—M. Vincent avait traduit : *De manière que l'épaisseur, dans la partie [intermédiaire] CK, ne soit plus qu'une portion des 4 doigts 1/2 primitifs.* Cette version impliquait un *creux*, au lieu d'un *relief*. La seconde s'est vérifiée depuis, par la découverte du rôle assigné au *tasseau qvuf*, qui sert principalement, comme on le verra plus loin, à établir l'axe balistique à *mi-hauteur* de la *cage* transversale. Celle-ci, dont la base ou *échelette* (voir ci-après, § 4) est clouée sous le *tasseau qvuf*, est d'ailleurs aussi rapprochée que possible de la *crosse*, de manière à reposer, pendant le tir, sur la main gauche de l'archer, tandis que les *bras* de la *crosse* s'appuient sur ses épaules.

NOTE 3. — La forme de la *crosse* est particulière au γαστραφέτης, décrit dans la *Bélopée*, et qui se tendait, comme l'indique son nom, par la pression du corps. La manœuvre de la *Chirobaliste* est expliquée plus haut. Cette arme s'épaulait et se *mettait en joue*, comme un *fusil*.

NOTE 4.—Le système du *tiroir*, commun aux catapultes, est aussi remarquable, comme conception mécanique, que par la simplicité de sa manœuvre. Avec l'effort exercé par l'archer, le *poids même* de la machine concourt, par son effet de force vive, à faire fléchir les *ressorts* moteurs, dont la rigidité pratique peut être, en conséquence, notablement accrue. La *Chirobaliste*, de 1m,30 de longueur environ, pesait un *talent* (soit 60 mines, ou 26 kil.), dont 1/3 afférent aux pièces métalliques. Ce fait explique les fortes dimensions transversales de la *coulisse*, où l'élégance se trouve sacrifiée.

L'unique lacune du § 1er concerne la *cannelure* du *tiroir*; mais il résulte du dispositif de la *Batterie*, § 2, que la longueur de cette *cannelure* est de 34 doigts 1/2.

## § 2. — BATTERIE.

Νῦν δὲ τὰ περὶ τῆς κλίσεως ἐκθησόμεθα.

Γεγονέτω ἐξ ὕλης[1] σιδηρᾶς χειρολάβη ἡ αβγδ, οἵα ὑπογέγραπται· δίγειλον δὲ, τὸ εζ μέρος ἔχον· τὸ δὲ ηθ τόρμιος[2] ἔστω τετράγωνος, σχαστηρία δὲ κλμ[3], δρακόντιον δὲ τὸ νξ[4], πιττάριον δὲ τὸ οπρς.

Καὶ τετρήσθω ἡ αβγδ χειρολάβη κατὰ τὸ δ· ὁ δὲ γδ κανών[5], ὁ ἐν τῷ πρώτῳ θεωρήματι, τετρήσθω κατὰ τὸ μνξ, καὶ κατὰ μὲν τὰ μν στρογγύλῳ τρήματι διαμπερὲς, κατὰ δὲ τὸ ξ παραλληλογράμμῳ[6]· καὶ οὕτως ἐνηρμόσθω ἡ χειρολάβη, ὥστε περόνην διὰ τῆς μν διωσθῆναι, καὶ διὰ τοῦ δ τρήματος τῆς χειρολάβης κινηθῆναι.

Τρήσαντες δὲ τὸ εζηθ[7] δίγειλον κατὰ τὸ τυ, καὶ τὴν κλμ σχαστηρίαν κατὰ τὸ φ, καὶ ἐμβάλλοντες περόνην δι' ἀμφοτέρων τῶν ὀπῶν τοῦ τυφ, κινοῦμεν ὥστε περὶ αὐτὴν κινεῖσθαι τὴν σχαστηρίαν ἀνεμποδίστως. Ἐχέτω δὲ ἡ σχαστηρία ἐντομὴν τὴν λμ, ἔχουσαν κατὰ μῆκος δάκτυλον α'.

Λαβόντες οὖν τὸ γο[8], ἐπὶ τοῦ γδ κανόνος, δακτύλων ε', καὶ τρήσαντες κατὰ τὸ ο, καθίεμεν τὸ εζηθ[9] δίγειλον, καὶ κινοῦμεν ὥστε ἀκίνητον διαμένειν.

Ἔπειτα τρήσαντες τὸ νξ δρακόντιον κατὰ τὸ ν, καὶ τὸν γδ κανόνα κατὰ τὸ π, τὸν ἐν τῷ α' θεωρήματι, ἄπεχον τοῦ ο[10] δακτύλους δ', καὶ καθέντες διά τε τοῦ τρήματος τοῦ δρακοντίου ν καὶ τοῦ π περόνην, κινοῦμεν ὥστε εὐχερῶς κινεῖσθαι τὸ νξ[11] δρακόντιον περὶ αὐτήν.

Καὶ πάλιν ἀποστήσαντες ἀπὸ τῆς χειρολάβης τῆς [αβ] γδ, τὴν πρ[12] τιτρῶμεν κατὰ τὸ ρ, καὶ πάλιν ἀπὸ τοῦ π, μετρήσαντες δακτύλους δ'ς'', ὡς τὸ πσ[13], τιτρῶμεν κατὰ τὸ σ, καὶ οὕτω καθίεμεν [τὸ πιττάριον[14]] ἐν τῷ γδ κανόνι, ὅστις ἐστὶν ἐν τῷ α' θεωρήματι· ἑξῆς κεῖται.

Décrivons maintenant le *jeu de bascule* (ou la *Batterie*). (*Note* 1.)

Soit d'abord une *poignée* en fer abgd, de la forme indiquée par la figure; une *bride à mâchoire ez*, munie d'un tenon carré hc; soit enfin kl la *gâchette*, nx le *serpenteau*, et oprs une pièce en forme de π, ou le *pittarium*.

La *poignée abgd* est percée d'un trou en d. Le *tiroir* GD, décrit dans le paragraphe qui précède, est également évidé en MNX; en M et N, l'évidement est un trou rond, qui traverse de part en part; tandis qu'en X, est pratiquée une entaille droite, où l'on adapte la *poignée abgd*, à l'aide d'une *goupille* enfoncée dans le trou MN du *tiroir* et dans le trou d de cette pièce.

De même, on perce un œil dans chaque branche de la *fourchette ezhc*, en t et en u, et un trou semblable en f dans la *gâchette*; puis, au moyen d'une *broche* traversant les trous t, u, f, on ajuste la *gâchette*, de manière qu'elle puisse pivoter librement. Cette pièce présente d'ailleurs en *lm*, une fente longitudinale, d'un doigt de profondeur.

On mesure alors, sur le *tiroir* GD, une longueur GO de 5 doigts, et l'on pratique en O une entaille, pour recevoir la *fourchette ezhc*, qu'on y enfonce jusqu'au refus.

Cela fait, on perce en n le *serpenteau nx*, et en P le *tiroir* GD, décrit dans le premier paragraphe, en prenant l'intervalle OP égal à 4 doigts; puis, par le trou P du *tiroir* et par l'œil n du *serpenteau*, on enfonce une *goupille*, autour de laquelle cette dernière pièce peut pivoter avec facilité.

Enfin, en s'éloignant toujours de la poignée *abgd*, on mesure une longueur PR, et l'on entaille jusqu'en R; on mesure ensuite une longueur de 4 doigts 1/2, telle que PS, et l'on entaille le bois en S; on fixe alors [le *pittarium*] sur le *tiroir* GD, qui est décrit dans le premier paragraphe. Voir la figure ci-après. (*Note* 2.)

---

TEXTE. — 1. Alias ἐξ ξύλῳ. — 2. Alias ζθ τόρμιος. — 3. κλμνρ. — 4. μνξ, alias μξ. — 5. εδ. — 6. Παραλληλόγραμμος. — 7. ιθ. — 8. δθ. — 9. Τὸ εθ δίγειλον. — 10. Τοῦ ν. — 11. Τὸ ξ δρακόντιον. 12. Τὴν ξρ. 13. Καὶ πάλιν ἀπ' αὐτοῦ μετρήσαντες δακτύλους δ'ς'', ὡς τὸ ρσ : la longueur indéterminée πρ est celle de l'entaille ou loge du *serpenteau* PR; et les 4 doigts ½, de P en S, sont l'intervalle de l'axe du *serpenteau* à l'extrémité entaillée en S du πιττάριον. Tous les intervalles sont comptés d'axe en axe. — 14. Πιττάριον, mot absent.

## § 2. — BATTERIE.

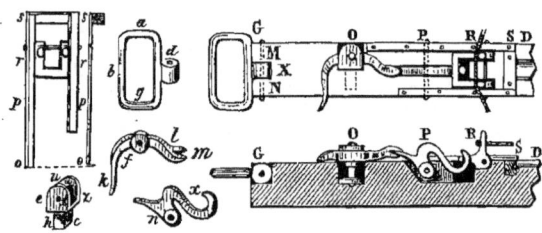

## NOTES SUR LE § 2.

NOTE I.—« Relativement à votre opinion sur le passage de la Chirobaliste relatif à la
« *batterie*, il faudrait voir l'ensemble, depuis κινήσεως jusqu'aux χαμβέστρια (*c'est-à-dire,*
« *tout le* § 2). Tout ce passage m'a donné beaucoup de mal pour arriver à une concordance
« vraisemblable. Il y a là difficulté des deux suites de lettres, dont les unes sont relatives
« à la *batterie* et les autres à la *coulisse et au tiroir*.... Si vous vouliez m'envoyer votre tra-
« duction du passage cité plus haut, je reverrais (depuis κινήσεως jusqu'à χαμβέστρια). »
*Lettre de M. Vincent*, de Ris-Orangis, le 27 septembre 1861.

La traduction demandée est celle donnée ci-dessus. Elle respecte partout l'ordre du
texte grec, et rend compte de la *position*, sinon de la *forme définitive*, de toutes les pièces
de la *batterie*. Enfin, elle fixe la relation de ces pièces avec le *tiroir* (et non avec la *coulisse*, de la lettre du 27 septembre). La *batterie* occupe, à la queue du *tiroir*, une longueur
de 13 doigts 1/2, qui laisse 34 doigts 1/2 de longueur à l'ἐπιτοξίτις ou *cannelure* servant
de siége au projectile.

« Je ne vois pas de différence essentielle dans nos traductions, répondit M. Vincent,
« le 9 octobre ; *seulement, croyant apercevoir dans le texte des observations et des notes isolées,*
« *j'y faisais pour la clarté (suivant moi) quelques inversions dans la traduction.* »

Outre ces *inversions,* M. Vincent substituait au mot χλίσις, qui signifie, proprement,
*jeu de bascule,* c'est-à-dire *batterie intermittente,* le mot κίνησις, εως, *mouvement,* qui ne
peut spécifier le mécanisme d'*arrêt* de l'arme. On pourrait voir encore, dans le mot χλίσις,
une onomatopée, comme dans les mots *cliquet, cliquetis, déclic,* imitant le bruit de pièces
métalliques qui se choquent.

NOTE 2.—Le πιττάριον est une équerre à deux branches, fixée sur le *tiroir* et munie
à son extrémité d'un petit *étrier* ou *bascule,* qui tourne autour d'un axe transversal, et
qui *accroche* et *lâche* ensuite la *corde archère*. Les figures ci-dessus rendent compte de
toutes les données des manuscrits : on y voit que le *serpenteau* retient la *bascule,* et
que la *gâchette* cale le *serpenteau*. Si l'on presse la *gâchette,* la *bascule* se rabat vivement
sur le *tiroir,* la corde *part*. (Voir ci-après, *Appendice,* Note II, *Restitution définitive de la
Batterie.*)

Le § 2 ne concerne que la *position* des quatre pièces de la *batterie*. Mais sa relation
avec le précédent est établie par *trois renvois,* qui s'appliquent au *tiroir*.

## § 3. — RESSORTS ET PIVOTS.

Κατασκευάσθωσαν δὲ καὶ τὰ καλούμενα Καμβέστρια, τρόπῳ τοιῷδε.

Ποιήσαντες γὰρ σιδηροῦς κανόνας δ΄, μῆκος ἔχοντας ἑκάτερον δακτύλων εἴκοσι, πλάτος δὲ δάκτυλον δίμοιρον μίκρῳ πλείω, πάχος δὲ ὥστε μὴ εὐχερῶς κάμπτεσθαι.

Ἔστωσαν δὲ οἱ αβ, γδ, εζ, ηθ, οἷοι εἰσὶ τῷ σχήματι καταγεγραμμένοι, ἔχοντες συμφυεῖς κρίκους, τοὺς κλ, μν, ξο, πρ, τὸ εὖρος ἔχοντας δακτύλους δύο, τὸ δὲ πλάτος δακτύλου ἑνὸς, τὸ δὲ πάχος τὸ αὐτὸ¹ τοῖς κανονίοις.

Ἔστω δὲ τὸ μεταξὺ διάστημα τῶν κανονίων, δακτύλων γ΄ς΄΄.

Γεγονέτωσαν δὲ καὶ πιττάρια τὰ σ, τ, υ, φ, χ, ψ, ω, α, συμφυῆ τοῖς² αβ, γδ, εζ, ηθ, κανονίοις, τὸ δὲ εὖρος δακτύλου³ δίμοιρον.

Ἔστωσαν δὲ καὶ κύλινδροι χαλκοῖ κοῦφοι ὁ βγ, δε, ζζ, ηθ, μῆκος ἕκαστος ἔχων δακτύλων β΄, πάχος δὲ ἴσον τῶν κανονίων, τὴν δὲ διάμετρον τοῦ εὖρους δακτύλου α΄γ΄΄.

Ἐχέτωσαν δὲ καὶ συμφυεῖς κρίκους, περικειμένους τῇ κυρτῇ ἐπιφανείᾳ τῶν κυλίνδρων, τοὺς μ᾿β μ᾿γ, μ᾿δ μ᾿ε, μ᾿ζ μ᾿ς, μ᾿η μ᾿θ⁵, ἀπέχοντας ἀπὸ τοῦ β, δ, ς, η, δάκτυλον α΄δ΄΄. πλάτος δὲ ἐχέτωσαν δάκτυλον δίμοιρον, πάχος δὲ ἴσον τῶν κανονίων.

Οἱ δὲ βγ, δε, ζξ, ηθ⁶, ἐντομὰς ἐχέτωσαν κατὰ διάμετρον τὰς ςς, εἰς ἃς κανόνια ἐμβεβλήσθω, ἁρμοστὰ κατὰ κρόταφον, τὰ μ᾿ε μ᾿ε, μ᾿ε μ᾿ε, μῆκος ἔχον ἑκάτερον δακτύλων γ΄, πλάτος δὲ δακτύλου δίμοιρον.

Le mécanisme des Καμβέστρια [ou ressorts] est disposé de la manière suivante :

On façonne quatre lames de fer [ou d'acier] (Note 1) ayant chacune 20 doigts de longueur, 1 doigt 2/3 de largeur au moins, et une épaisseur telle qu'elles ploient difficilement.

Soient AB, GD, EZ, HC, ces lames, assemblées en cadres, suivant la figure ci-après, et munies d'étriers, KL, MN, XO, PR, dont la saillie, mesurée en dedans, est de 2 doigts, la largeur d'un doigt, et l'épaisseur égale à celle des lames flexibles. (Note 2.)

L'intervalle ménagé entre celles-ci est d'ailleurs de 3 doigts 1/2.

Soient en outre des brides, telles que S, T, U, F, Q, V, Y, A', adaptées aux lames AB, GD, EZ, HC, et offrant une ouverture d'un demi-doigt. (Note 3.)

Soient encore de légères chapes rondes, en bronze, BG, DE, JZ, HC, ayant chacune une longueur de 2 doigts, une épaisseur égale à celle des lames, et le diamètre de l'évidement [supérieur] de 1 doigt 1/4. (Note 4.)

Elles s'articulent avec des pitons fixes, qui avoisinent l'extrémité terminée en anse de ces chapes; soient B'G', D'E', Z'J', H'C', ces pitons, fixés à 1 doigt 1/4 des sommets B, D, J, H; ils ont une largeur de 1 doigt 2/3, et une épaisseur égale à celle des ressorts.

Les chapes BG, DE, JZ, HC, présentent [à l'extrémité opposée] des entailles diamétrales jj, où s'ajustent de profil des pivots e'e', e'e', ayant chacun 3 doigts de long, et une épaisseur de 2/3 de doigt.

---

TEXTE.—I. Τὸ ἀπὸ; alias, τὸ αὐτό.—2. στ, υχχ, ψω, ἀσυμφυῆ τοῖς, etc. : ἀσυμφυῆ n'a pas de sens ; il faut lire α, συμφυῆ, et rapprocher α des lettres indicatives qui précèdent : α recommence l'alphabet à la suite de ω ; et l'alphabet se continue à l'alinéa suivant : κύλινδροι χαλκοῖ κοῦφοι ὁ βγ, δε, ζζ, ηθ, etc.—3. Δάκτυλον δίμοιρον, 1 doigt 1/3, est vraisemblablement exagéré ; alias, δακτύλου διμοίρου.—4. Δακτύλων α΄ γ΄΄.—5. μ᾿ᵃ μβ,... Cette notation répond, chez les géomètres grecs, à la notation moderne A'B', C'D'..., distincte de AB, CD. — 6. ηο.

## § 3. — RESSORTS ET PIVOTS.

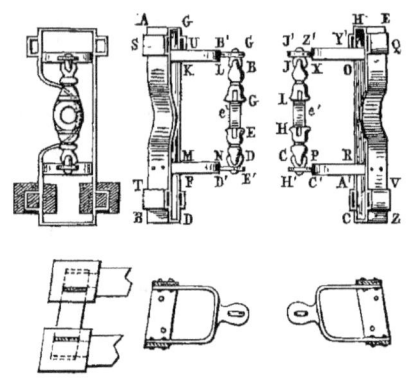

## NOTES SUR LE § 3.

Note 1. — Voici, d'après Philon (Thévenot, p. 71), la méthode usitée chez les Celtes et chez les Espagnols, pour essayer les lames *de fer* des épées : « De la main droite, dit-il, « on saisit une lame, et on se l'appuie contre la tête; puis, des deux mains, on en presse « les extrémités, jusqu'à ce qu'elles fléchissent au niveau des épaules. On lâche alors brus- « quement la lame, qui redevient droite comme devant, sans conserver, même après des « épreuves répétées, la moindre trace de courbure. » — Ce passage ne laisse aucun doute sur l'existence et les applications de *l'acier* chez les anciens. Philon l'insère dans sa des- cription de la machine *Chalcotone* de Ctésibius, dont les *ressorts de bronze* étaient un alliage composé de 97 parties de cuivre rouge et de 3 parties d'étain.

Note 2. — La forme de ces *cadres* est la même, sauf les extrémités, dans tous les ma- nuscrits; celle des *étriers* est plus délicate à saisir; mais il est hors de doute que ces *supports des pivots* se rattachent, non pas aux extrémités des *cadres*, mais aux montants mêmes des *lames flexibles*. (Voir ci-après, *Appendice*, Note III, *Restitution définitive des Pivots et leviers.*)

Le profil du cadre des *ressorts* rappelle, par son contour et par sa position, la forme des *montants latéraux* (παραστάται) des catapultes. Dans sa *Dédicace à S. M. l'Empereur*, M. Vincent déclare *qu'il y reconnut, sans hésitation, cette partie notable des machines de la Bélopée.* Il y a analogie *de forme*, mais non de *fonction*, entre les παραστάται de la *Bélopée*, et les Καμβέστρια de la *Chirobaliste.* L'évidement des premiers est ménagé pour faciliter la détente du *bras;* celui des seconds est le siége même ou point d'appui de l'effort balistique. Les premiers sont des *poteaux* en bois de charpente; les seconds sont des *cadres*, formés par la réunion de *lames minces et flexibles.* Enfin, la vérité archéologique exige que la forme de la *gorge*, invariable dans tous les manuscrits, soit strictement observée sur le profil du *ressort*, auquel le savant académicien a cru pourtant devoir donner les inflexions de la *courbe élastique*, encastrée à ses extrémités et en équilibre sous un effort transversal appliqué en son milieu.

La profondeur de la *gorge* est telle que les *leviers*, à l'instant initial, s'alignent dans le plan des *pivots;* mais alors la tension de la *corde* est nulle. On peut, sauf à faire saillir légèrement les *bras* en avant de ce plan, donner à la *gorge* une profondeur un peu moindre, de sorte que le *ressort* fléchisse de la différence, pour permettre aux *bras* de prendre leur alignement initial. La *corde*, tendue alors d'un *crochet* à l'autre, les tient à la distance *minima*, et peut, sans fatigue, assurer la position initiale des *leviers* dans des conditions nouvelles.

Note 3. — Le *cadre* se monte, au moyen des *brides* extérieures qui s'y trouvent fixées, avec les *fourchettes* situées aux extrémités du *toit*, et avec les *abouts* renforcés des lon- gerons de l'*échelette.* Ces *abouts* sont eux-mêmes mobiles à volonté; de sorte que les *ressorts* et *pivots*, faciles à démonter au besoin, peuvent, comme l'indique Philon, être conservés dans des étuis.

Note 4. — Les *attaches* des *pivots*, par leur mobilité, permettent à ceux-ci de se rap- procher l'un de l'autre (chacun de 1/3 de doigt) dans la manœuvre de tension de l'arme. A la détente, ils reviennent violemment vers les *cadres*, et impriment à la *corde* une vibration énergique. M. Vincent fait tourner les *pivots* dans des *crapaudines fixes*, et traduit par *clavette* le mot du texte qui désigne le *pivot* : celui-ci n'est alors introduit que par *interpolation* dans sa traduction. (Voir ci-après, *Appendice*, Note III, *Restitu- tion définitive des Pivots et leviers.*)

# § 4. — CAGE.

Γεγονέτω καὶ τὸ καλούμενον Καμάριον, τῷ σχήματι οἶα ὑπογέγραπται τὸ α, ἔχοντι τὰς μὲν εε[1] ποδὸς ἑνὸς καὶ δακτύλων ζ´ ς´´· τὸ δὲ διάστημα τοῦ Καμαρίου, τὸ οκ, δακτύλων ε´, τὸ δὲ μῆκος ἑκατέρου[2] τῶν αβ δακτύλων δ´, ἑκατέρου[2] δὲ τῶν ζη, δακτύλων δύο. Τὸ δὲ μεταξὺ διάστημα τῶν αβ καὶ ζη, ὡς δακτύλων γ´´. Πάχος δὲ ἐχέτω ἴσον τῶν προσειρημένων κανονίων.

Τὸ δὲ καλούμενον Κλιμάκιον ἔστω λμνξ, οπρς, ἐκ δύο κανονίων τῷ σχήματι, οἶα ὑπογέγραπται, μῆκος ἔχων ὁ μὲν οπρς κάνων, ποδὸς ἑνὸς καὶ δακτύλων δέκα, ὁ δὲ λμνξ ποδὸς α´, καὶ δακτύλων η´· πλάτος δὲ, πρὸς μὲν τοῖς ςυτ μέρεσι, δακτύλων δύο, πρὸς δὲ τοῖς λμνξ, οπρς, δακτύλων γ´ δ´´[3].

Πάχος δὲ ἑκάστου τῶν λμ, νζ, οπ, ρς τόρμων[4] ἔστω δακτύλων δύο.

Καὶ διηρήσθωσαν οἱ λμνξ, οπρς κανόνες εἰς τρία, οἶα τὰ φ,τ,ψ,χ,υ,ω· καὶ τετρήσθω τὰ μὲν τ, υ, κατὰ τὸ μῆκος, τρήμασι παραλληλογράμμοις, τὰ δὲ φ, χ, ψ, ω, τρήμασιν στρογγύλοις.

Καὶ γεγενήσθω διαπήγιον τὸ τυ, ἔχον τὸ μὲν μῆκος, χωρὶς τῶν τόρμων, δακτύλων γ´, τὸ δὲ πλάτος δακτύλων β´ ς´´.

Ἔστωσαν δὲ καὶ στυλάρια τὰ φ, χ, ψ, ω, ἔχοντα τὸ μῆκος, χωρὶς τῶν τόρμων, δακτύλους τρισκαίδεκα[5], τὸ δὲ πλάτος δακτύλους β´ ς´´, καὶ κατείσθωσαν τὰ δ´ στυλάρια καὶ τὸ διαπήγιον εἰς τὰς ὀπὰς τῶν κανονίων, καὶ καθηλώσθωσαν οἱ τόρμοι τοῦ διαπηγίου πρὸς τοῖς κανόσιν ἐπιούρας, ὥστε συνέχεσθαι τοὺς κανόνας, καὶ εἶναι αὐτῶν τὸ μεταξὺ διάστημα δακτύλων γ´.

Ἔτι γεμὴν καθηλώσθωσαν τῷ λμνξ κανόνι, καὶ τῷ οπρς[6], τὰ ςς, ἐφ´ ἑκάτερα τοῦ τυ διαπήγματος, μῆκος ἔχοντα δακτύλων ι´δ´´[7] πάχος δὲ σύμμετρον, καὶ τετρήσθωσαν κατὰ τὸ μέσον, ἀπεχέτωσαν δὲ ἀπ´ ἀλλήλων δακτύλων β´ ς´´.

La forme de l'*arcade* est représentée en A sur la figure. Sa longueur EE est de 1 pied 7 d. 1/2 [ou 23 doigts 1/2]. L'ouverture de la voûte OK est de 5 doigts; chaque *branche ab* mesure 4 doigts, et chaque *branche zh* mesure 2 doigts de long. L'intervalle qui sépare les *branches ab* est d'ailleurs de 3 doigts 1/2. Enfin, l'épaisseur de ces *branches* est égale à celle des *lames* décrites ci-dessus. (*Note* 1.)

L'*échelette* est formée de deux *longerons* LMNX, OPRS, disposés comme on le voit sur le dessin. La longueur du *longeron* OPRS est de 1 pied 10 doigts [ou 26 doigts]; celle du *longeron* LMNX est de 1 pied 8 doigts [ou 24 doigts]. Leur largeur en *sut*, est de 2 doigts; et aux [extrémités] LM, NX, OP, RS, de 3 doigts 1/4. (*Note* 2.)

L'épaisseur de chaque *about* renforcé LM, NX, OP, RS, est de 2 doigts. (*Note* 3.)

On divise les *longerons* LMNX, OPRS, chacun en trois parties (*Note* 4), aux points *f*, *t*, *v*; *q*, *u*, *y*; en *u* et en *t*, on pratique des mortaises droites [et horizontales]; en *f*, *q*, *v*, *y*, des trous cylindriques [et verticaux].

Cela posé, soit une *traverse tu* ayant 3 doigts de longueur, sans compter les tenons, et une largeur de 2 doigts 1/2. (*Note* 5.)

Soient encore 4 *colonnettes f*, *q*, *v*, *y*, ayant une longueur de 13 doigts, sans compter les tenons, et une largeur de 2 doigts. On enfonce les 4 *colonnettes* et la *traverse* dans les trous pratiqués ci-dessus; et l'on a soin de clouer les tenons de la *traverse*, pour donner à l'assemblage une rigidité parfaite, et pour maintenir à 3 doigts l'écartement des *longerons*. (*Note* 6.)

Enfin, sur les *règles* LMNX, et OPRS, on cloue solidement, de chaque côté de la *traverse tu*, des *arcs-boutants jj*, ayant une longueur de 14 doigts, une épaisseur proportionnée, assemblés à onglet en leur milieu, et distants l'un de l'autre d'un intervalle de 2 doigts 1/2. (*Note* 7.)

---

TEXTE.—1. Alias, Ἔχοντι τομὰς τὰς μὲν ιε.—2. Ἑκατέρον.—3. οπρς δακτύλων, λδ´.— 4. Ἕκαστος τῶν αβνρ, οδρς.—5. Τρεῖς ; la véritable hauteur des *colonnettes* est ιγ´, 13 doigts ; soit 12ᵈ en contre-haut des *arcs-boutants*. — 6. Τῷ λμ κανόνι καὶ τὸ οπ.—7. Δάκτυλον α´ ; la longueur des *arcs-boutants* est de 14 doigts environ ; on conçoit la disparition de l'ι des dizaines du nombre ιδ´. et la transformation du ὸ en α.

# § 4. — CAGE.

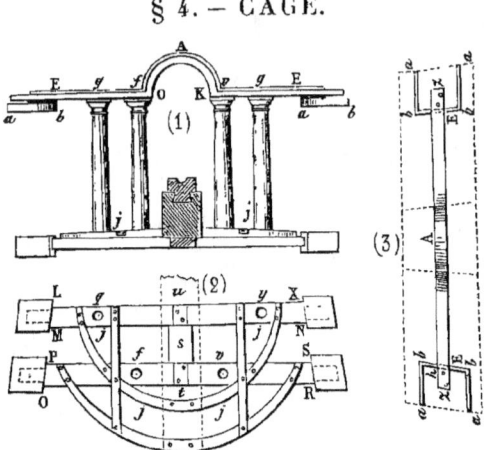

Fig. 1. Élévation de la cage. — Fig. 2. Plan de l'échelette.
—Fig. 3. Fourchettes du toit.

## NOTES SUR LE § 4.

Note 1.—Ce renvoi au paragraphe précédent aurait dû préserver les commentateurs de voir des machines distinctes dans les Καμβέστρια, dans le Καμάριον et dans le Κλιμάχιον.(Voir ci-après, *Appendice*, Note I, *Sur les altérations du Texte grec*.)

Note 2. — L'inégalité de longueur, entre les *longerons* de l'*échelette*, détermine à leurs extrémités un *biais* de 1/7 à 1/8. Les théorèmes *sur la Chirobaliste*, établis plus haut, déduisent de cette donnée unique tout l'ensemble de l'organe moteur de l'arme.

Note 3. — M. Vincent avait admis que la largeur du *longeron*, de 2 doigts au milieu de la pièce, *croissait progressivement* jusqu'aux extrémités; hypothèse contraire aux données des figures, ainsi qu'aux exigences de la pratique. Chaque *longeron* s'emboîte, à ses extrémités, dans des pièces *renforcées*, de 2 doigts d'épaisseur, et formant des losanges de $3^d$ 1/4 de côté; le *biais* de ces losanges est celui de l'*échelette*. Leur emboîtement, à tenon et mortaise, est d'ailleurs suffisamment indiqué par le nom (τῶν τόρμων) que leur donne l'auteur.

Quant à leur rôle pratique, il est expliqué dans la Note III du paragraphe précédent : on voit, en effet, sur la figure de la page 23, que le *tenon* extrême du *longeron* s'encastre à la fois dans la *mortaise* de l'*about* renforcé, et dans la *bride* latérale du *cadre* flexible, qui se trouve logée, à cet effet, dans le corps même de l'*about*.

L'*échelette*, de 7 doigts de largeur totale, s'ajuste naturellement sous le *tasseau*, découpé dans l'œuvre de la *coulisse* (voir § 1er), et dont la longueur est de 7 doigts. Dans la synthèse du mécanisme, s'applique ces concordances de *cotes d'exécution* sont autant de données, qui établissent une intime connexité entre les divers paragraphes. Voici, en outre, des *vérifications* d'ensemble, qui relient le Καμάριον avec le Κλιμάχιον, et mettent à néant toutes les théories antérieures faites sur ces appareils mystérieux :

1o La longueur de l'*échelette* est, sur son axe, de 25 doigts; ajoutons $3^d$ 1/4 pour chaque *about* : total, $31^d$ 1/2.

2o La longueur du *toit* ou *arcade*, entre les *fourchettes* extrêmes, est de $23^d$ 1/2; ajoutons 4 doigts pour chaque fourchette : total $31^d$ 1/2.

Donc le *toit recouvre exactement* l'*échelette*; de plus, le πλάτος δακτύλων γ′ δ′′, largeur des *abouts*, s'applique aux 2 *dimensions* des losanges; car, partout où l'auteur ne donne que deux dimensions, la longueur et la largeur, πλάτος signifie *la largeur en carré*, et quelquefois le *diamètre*.

Note 4.—M. Vincent avait traduit εἰς τρία ἴσα, τὰ ϛτ, etc., *en trois parties égales ft*, etc. Mais ἴσα, pris ici pour οἴχ, est un renvoi à la figure, qui contredit l'égalité supposée.

Note 5.—La *traverse* de l'*échelette* est clouée sous le *tasseau* de la *coulisse*; ce *tasseau* la dépasse, en largeur, de 1/2d de chaque côté. C'est dans le *creux* ainsi formé que se logent les doigts de l'*archer*, dont la main gauche soutient le corps de l'arme, pendant le tir.

Note 6.—Les hauteurs réunies du *tasseau* (1 doigt 1/2), de la *coulisse* (3 doigts), et du *tiroir* (1 doigt 1/4) font un total de 5 doigts 3/4. Ajoutant 3/4 de doigt pour la surélévation du *plan balistique*, on trouve 6 doigts 1/2, moitié de la hauteur de la *cage*, au-dessus de l'*échelette;* mais, à cause de l'épaisseur des *arcs-boutants*, la hauteur vraie de la *cage* est de 12 doigts.

Note 7.—M. Vincent avait pris ces *arcs-boutants*, nettement figurés dans tous les manuscrits, pour de *petites équerres*, de 1 doigt de longueur, servant à consolider l'assemblage de l'*échelette* avec *sa traverse*.

4

## § 5. — BRAS OU LEVIERS BALISTIQUES.

Πεποιήθωσαν δὲ καὶ κωνοειδῆ δύο, τὰ αβγδ, εζηθ, ἔχον ἑκάτερον[1] τὸ μὲν μῆκος δακτύλων ια´, τὸ δὲ πάχος τῶν αβ, εζ, κορυφῶν ἑκάστου κωνοειδοῦς, ἐχέτω δακτύλου[2] τὸ ἥμισυ, τὸ δὲ τῆς βάσεως πάχος ἑκάστου τῶν γδ, ηθ, δακτύλου ἑνός.

Ἐχέτωσαν δὲ κατὰ μῆκος σωλῆνας τετραγώνους, καὶ τόρμους ἐν ταῖς αβ, εζ κορυφαῖς, ὥστε κανονίων γίνεσθαι συμφυῶν κρίνοις ἁρμοστῶν τοῖς τόρμοις καὶ τοῖς σωλῆσιν, ἐκκομίζεσθαι ἐπὶ τῶν σωλήνων καὶ τῶν τόρμων ἐν τοῖς κωνοειδέσι γεγονόσιν.

Ἔστωσαν δὲ τὰ μὲν κανόνια συμφυῆ τοῖς κρίκοις τὰ κλμν, ξοπρ, κρίκοι δὲ οἱ κλ, ξο[3]. ἀνακαμπὰς δὲ ἐχέτωσαν τὰ κανόνια πρὸς τοῖς πέρασι, τὰς[4] μν, πρ, ὕψος ἐχούσας δακτύλου τὸ ἥμισυ.

Soient enfin deux [pièces] *conoïdes* (*Note* 1) de la forme indiquée par *abgd*, *ezhc*, ayant chacune 11 doigts de longueur. Aux extrémités *ab*, *ez*, le diamètre est de 1/2 doigt, et aux deux bases *gd*, *hc*, il est de 1 doigt.

Ces pièces sont percées, suivant leur axe longitudinal, d'un *trou carré*, et munies d'*anneaux* et de *viroles* aux extrémités *ab*, *ez*. Dans le *trou* s'adapte une *broche*, dont l'assemblage est assuré par la *virole*. Le tout joue librement dans les *colliers* [des *pivots*] et dans les *gorges* [des *ressorts*]. Soient *klmn*, *xopr*, les *broches* assemblées avec les *anneaux*, et *kl*, *xo*, ces *anneaux*. Les *broches* se terminent en *crochets*, tels que *mn*, *pr*, dont la longueur est de 1/2 doigt. (*Note* 2.)

TEXTE.—1. Ἔχοντα, alias ἐχόμενα ἕτερον, ou ἔχον ἑκάτερον.—2. Δακτύλων.—3. ξθ.—4. Τὰ μν, πρ.

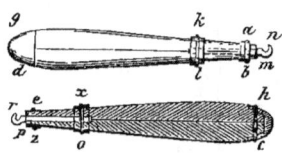

### NOTES SUR LE § 5.

NOTE 1. — « Les figures qui ont fourni la planche du § 5, disait M. Vincent, dans sa « *Dédicace* à S. M. l'Empereur, telles que nous les avons trouvées dans les manuscrits, « malgré leur diversité et leur bizarrerie, me paraissaient ne pouvoir représenter autre « chose qu'une sorte d'*outre*, dans laquelle *l'air était comprimé*, au moyen d'un *piston « intérieur;* l'office de ce dernier se trouvant d'ailleurs assuré par un *anneau extérieur* « fixé à l'extrémité d'une *tige*, qui le suivait dans son mouvement, de manière à *serrer* « constamment la *peau* de l'outre *contre ce piston.....* La *possibilité* et l'*efficacité* de ce sys- « tème, appuyée d'ailleurs par la théorie des machines aérotones, établie par Philon, « me *paraissaient évidentes.*

« Malheureusement, j'étais *obligé*, pour leur donner une base *philologique d'une suffisante* « *consistance*, de *changer* dans le texte le mot κωνοειδῆ en κωρυκῶδη; et quoique l'on se « trouve *fréquemment obligé*, dans la restitution des textes, de *céder* à de semblables *né-* « *cessités*, il n'en résultait pas moins une *difficulté grave*, qui, *fortifiée par les objections per-* « *sévérantes de mon collaborateur*, me fit opter en faveur de *l'autre hypothèse.* »

*Ces objections persévérantes ont duré huit mois.* C'est le 28 novembre 1861, que M. Vincent se décida à considérer les κωνοειδῆ comme des *leviers*, en forme de solides d'égale résistance: la *broche* intérieure, retenue par des *anneaux*, y sert *d'attache au crochet*; et cette *broche* est carrée, afin de ne pas tourner sur elle-même. Depuis longtemps, je regardais les κωνοειδῆ comme les *bras balistiques de l'arme;* les *crochets*, en effet, appelaient la *corde archère*. (*Voir* les Théorèmes sur la Chirobaliste, p. 7-10.)

NOTE 2. — Le deuxième alinéa ci-dessus est obscurci par un redoublement d'explications, peu fréquent dans Héron d'Alexandrie. Je crois qu'il doit être coupé en deux parties distinctes : la première se rapporterait aux *broches* et à leur mode d'assemblage avec les κωνοειδῆ; la seconde, élucidée par le passage analogue de la machine chalcotone, dans Philon, indiquerait que les *leviers jouent librement* (ἐκκομίζεσθαι) dans les *gorges* (ἐπὶ τῶν σωλήνων) des *ressorts*, et dans les *colliers* au moyen (ἐπὶ τῶν τόρμων) qui entourent les *leviers* (ἐπὶ τοῖς κωνοειδέσι γεγονόσιν). Le texte se rétablirait ainsi : ὥστε κανονίων γίνεσθαι... καὶ τοῖς σωλῆσι· ἐκκομίζονται δὲ (τὰ κωνοειδῆ) ἐπὶ τῶν σωλήνων (τῶν ἐπὶ τοῖς καμβεστρίοις) καὶ τῶν τόρμων ἐπὶ (au lieu de ἐν) τοῖς κωνοειδέσι γεγονότων (au lieu de γεγονόσιν). Rapprochée du passage de Philon (Thévenot, p. 70), cette version est rationnelle. (Voir ci-après, *Appendice*, Note III, *Restitution définitive des Pivots.*)

# APPENDICE

---

## Note I. — Statistique des altérations du Texte grec.

Voici le tableau résumé des corrections apportées au texte du *Traité de la Chirobaliste*.

| DÉSIGNATION DES PARAGRAPHES. | NOMBRE DES CORRECTIONS. | NOMBRE DES LIGNES. | | NATURE DES CORRECTIONS. | | | |
|---|---|---|---|---|---|---|---|
| | | Par paragraphe. | Entre deux corrections consécutives | Mots absents. | Mots rectifiés. | Lettres numérales. | Lettres de renvoi. |
| §1. Coulisse et tiroir.... | 9 | 28 | 3.10 | » | 2 | 2 | 5 |
| 2. Batterie.......... . | 14 | 35 | 2.50 | 1 | 3 | » | 10 |
| 3. Ressorts et pivots.... | 6 | 29 | 4.80 | » | 3 | » | 3 |
| 4. Cage.............. | 7 | 40 | 5.70 | » | 2 | 3 | 2 |
| 5. Leviers balistiques.. | 4 | 16 | 4.00 | » | 2 | » | 2 |
| Ensemble........ | 40 | 148 | 3.70 | 1 | 12 | 5 | 22 |

Le nombre des lignes, pour chaque paragraphe, est celui de l'édition de Thévenot.

Si l'on prend pour *mesure du degré de pureté relative* des diverses parties l'*intervalle* qui s'y trouve entre deux *altérations consécutives*, on voit que les moins correctes sont les § 1, *Coulisse et tiroir*, et § 2, *Batterie* : ensuite, viennent le § 5, *Leviers balistiques;* le § 3, *Ressorts et pivots;* et enfin le § 4, *Cage;* ces deux derniers, à peu près intacts.

Les altérations superficielles du texte d'Héron sont, comme on l'a dit précédemment, imputables aux copistes. Mais, de même que les figures des manuscrits, malgré leur commune, leur unique origine, ne sont pas identiques; de même, les variations du texte décèlent les tentatives faites, aux diverses époques, pour en élucider le sens; mais les efforts des érudits ont eu pour résultat de multiplier les incorrections, partout où ils trouvaient le champ plus abordable aux conjectures.

La *Coulisse* et le *Tiroir*, décrits en tête du *Traité de la Chirobaliste*, devaient naturellement, comme les ouvrages avancés d'une place forte, essuyer le premier assaut des investigations philologiques. Ces pièces étaient déjà connues par le texte beaucoup plus clair de la *Bélopée*. On les restitua à demi ; mais la *Batterie*, où la confusion des figures enveloppe jusqu'aux lettres de renvoi qui les rattachent au texte, dérouta complétement les interprètes, dont les traces sont empreintes dans de nombreuses altérations littérales.

Le § 5, *Leviers balistiques,* vierge de toute explication lumineuse, est demeuré presque intact, sauf l'obscurité du 2e alinéa. En le rapprochant du passage de Philon relatif aux *pivots* de la machine chalcotone de Ctésibius, j'ai tenté d'en restituer le sens véritable, sinon la forme littéraire, qui sera l'œuvre des habiles. Mais le premier essai de traduction de tout ce paragraphe par M. Vincent, restera comme l'exemple le plus imprudent des altérations qui ont failli compromettre l'un des plus remarquables monuments de l'antiquité scientifique, par cette méthode commode des substitutions qui, dans les χωνοειδῆ (*leviers*) *en forme de poire allongée,* cherchait à retrouver des *ballons,* χωρυκώδη.

Enfin, les §§ 3 et 4, sur les Καμβέστρια (*ressorts*), sur le Καμάριον (*arcade*), et sur le Κλιμάκιον (*échelette*), ont conservé leur pureté originale. On sait que les commentateurs, égaux en impuissance pour expliquer ces parties mystérieuses de la *Chirobaliste,* se sont tous accordés à les considérer comme autant de machines distinctes.

M. Alexandre, dans son Dictionnaire classique (11e édition, 1857), définit la *Chirobaliste : espèce de projectile incendiaire, en latin* falarica.—Les χωνοειδῆ seraient-ils des *poires fulminantes ?*

Dans Ducange, *Glossarium,* p. 559, on lit : Καμβέστριον, *machinæ bellicæ genus ;* et plus bas : Καμάριον, *machinæ bellicæ species.*

Enfin, dans la *Collection des Mémoires présentés à l'Académie des Inscriptions,* 1re série, t. IV, p. 38 et 39, M. Martin (de Rennes) s'exprimait ainsi, en 1854 :

« Dans la *seconde* (*sic*) partie (de la *Chirobaliste*), il est question des Καμβέστρια. Il « est *probable* que c'est un *fragment d'un opuscule* περὶ Καμβεστρίων.

« Dans la *troisième* partie du même morceau, il est question de la *construction* « du Καμάριον. En effet, Eutocius atteste qu'Héron avait écrit sur les Καμα-« ρικά, et que ce même traité avait été commenté par Isidore de Milet, maître « d'Eutocius. Ainsi, *l'authenticité de cette dernière partie est appuyée par un* « *témoignage antique, et c'est une forte raison de croire à l'authenticité des deux* « *autres parties,* confirmée expressément par le manuscrit que Baldi avait sous « les yeux[1]. *L'ensemble paraît être une compilation de trois fragments, appartenant à* « *trois opuscules d'Héron, et réunis sous un titre qui ne convenait qu'au premier* « *fragment.* »

« Seulement, il est *probable* que ces trois fragments ont subi de *grandes altéra-* « *tions.* Suivant la remarque de Baldi, le texte en est si obscur, qu'il est *bien* « *difficile d'entrevoir* ce qu'étaient les Καμβέστρια et le Καμάριον, et *quel en était* « *l'usage.* »

Dans une note en renvoi de cet alinéa : « Depuis la rédaction de ce passage « de mon mémoire, ajoute M. Martin (de Rennes), M. Vincent m'a communiqué « une interprétation assez plausible de Meister (*Alb. Ludi Meisteri de catapulta* « *polybolo commentatio,* Gœtting, 1768), d'après laquelle le mot Καμβέστρια, étant « dérivé de κάμπτειν , les Καμβέστρια , ainsi nommés *à curvaturâ suâ,* seraient « analogues aux χαλκότονοι décrits par Philon de Byzance, p. 67-73 de Thévenot. « — En outre, Meister *paraît vouloir* que les Καμβέστρια *fassent partie de la* « Χειροβαλίστρα ; Καμάριον signifie *petite voûte ; mais l'auteur décrit sous ce nom une* « *petite machine.* »

Enfin, dans sa *Dédicace de la Chirobaliste à S. M. l'Empereur,* M. Vincent rend ainsi compte de l'ensemble des recherches faites par lui-même sur le § 3 : « La « planche III (des Καμβέστρια) *rappelait trop bien la forme des parastates, pour que je*

---

[1] Le livre des Καμαρικά, signalé par Eutocius, ne serait-il pas un *Traité de la construction des voûtes?* καμάρια, *voûtes ;* καμρικά, *ce qui a rapport aux voûtes.*

« pusse *hésiter à y reconnaître cette partie notable des machines déjà étudiées.* »

Ainsi, nulle part, chez les commentateurs, on ne rencontre d'essai de synthèse de la *Chirobaliste*. Ce fait est d'autant plus singulier, que le texte offre des renvois fréquents d'un paragraphe à ceux qui précèdent. Je les avais remarqués dès l'origine, et j'en avais conclu à l'identité d'une machine complète, avant que M. Vincent, qui m'avait pris à l'essai, et qui m'avait prêté l'édition de Thévenot, m'eût fait part de son opinion sur ce point. Ce que je puis affirmer, c'est que mes conjectures me gagnèrent sa confiance.

Meister entrevoit, dans les Καμβέστρια, des analogies *de forme* avec la machine *chalcotone* de Ctésibius ; il ajoute que cet appareil serait *sidérotone*, à cause du fer qui entre dans sa construction. Mais il ne conclut rien sur la manière dont fonctionne le système ; et, en admettant qu'il en ait entrevu la *force motrice*, il n'en a signalé ni le *point d'appui*, ni le *levier*.

M. Vincent, auteur de la communication faite à M. Martin (de Rennes), en 1854, avait complétement mis de côté, en 1861, les conjectures de Meister. Satisfait de pouvoir comparer les Καμβέστρια avec les παραστάται des catapultes, le savant académicien était tout entier à son hypothèse du moteur *aérotone*, dont on a vu plus haut quelle était la base philologique.

Aussi, durant tout le cours de nos travaux, les noms de Meister et de M. Martin ne furent jamais prononcés. Le dessin d'ensemble, que j'eus l'honneur de soumettre à M. Vincent, après huit mois d'objections persévérantes, assigne aux καμβέστρια le rôle de *ressorts*, avec les κωνοειδῆ pour *leviers* et les *pivots* pour *point d'appui*. Ce dessin fut accepté en principe, le 28 novembre 1861 ; la mise au net du travail préparé pour S. M. l'Empereur fut terminée, dans son ensemble, le 25 janvier 1862 ; et c'est le 14 février seulement que, pour la première fois, M. Vincent me fit voir les passages de Meister et de M. Martin, dans des ouvrages qui m'étaient absolument inconnus.

Les citations ci-dessus expliquent suffisamment le petit nombre des corrections qu'il a fallu opérer dans les §§ 3 et 4 du *Traité de la Chirobaliste*.

—

### Note II. — Restitution définitive de la Batterie.

Dans le mécanisme de la *Batterie*, **M**. Vincent a introduit une *boucle étagée*, qui sert, aux yeux du savant académicien, à élever plus ou moins haut la *corde archère*, suivant la nature du projectile à lancer. (*Moniteur* du 21 mai 1862.)

L'idée de cette boucle ou *bascule* est dans le mot κλίσις du texte, qui, suivant le *Moniteur, ne l'indique nulle part*. Il est vrai que **M**. Vincent avait aussi tenté de substituer à ce mot celui de κίνησις, *mouvement*, qui est peu convenable pour désigner le *mécanisme d'arrêt* de l'arme. Elle se trouve encore dans les figures des manuscrits et de l'édition de Thévenot, mais sous une forme difficile à saisir.

**M**. Vincent fait accrocher cette *boucle* par le *serpenteau*, à la partie supérieure ; il suppose d'ailleurs que la *corde* peut s'y appuyer à deux hauteurs différentes, suivant qu'il s'agit d'une pierre ou d'un trait ; mais il expose le *serpenteau* à saisir la *corde* elle-même, dès qu'elle cesse d'être retenue par la *boucle*.

En étudiant avec soin les figures, on reconnaît que la *corde* y est accrochée par deux *doigts verticaux*, tournant autour d'un axe transversal, fixé à fleur du *tiroir*, et espacés de manière à laisser le projectile toucher la *corde*, c'est-à-dire, complétement isolés l'un de l'autre par le haut. M. Vincent, au contraire, donne à sa *boucle* une traverse supérieure, dont le rabattement exige que le projectile soit à distance de la *corde* ; il en résulte que la force vive de la détente est dépensée en partie, avant qu'elle puisse produire un effet utile.

D'un autre côté, il est certain que le point de contact du *serpenteau* avec la *bascule*, doit être situé au-dessous des doigts d'*arrêt* de la *corde*. Le *serpenteau s'enroule visiblement autour d'une traverse, qui réunit les deux doigts*, mais à une *certaine distance de leurs extrémités libres ;* de plus, il s'y enroule *en venant du dessous*. Si donc on donne à cette traverse la forme d'un *étrier*, horizontal (quand les *doigts* sont relevés), et placé en arrière de la *bascule*, il pourra servir, à l'instant où l'on veut armer la machine, à redresser rapidement les *doigts* en avant de la *corde* ; et c'est cette disposition qui est adoptée plus haut, dans la *Batterie* définitive.

Quand la machine est armée, les *doigts* d'arrêt sont dans l'axe du longeron d'arrière de l'*échelette* ; la course du *tiroir* est ainsi de 2 doigts 1/2.

La *bascule* est assujétie sur le *tiroir*, au moyen d'une *équerre en* U, dont la traverse est à l'avant, et entaillée dans le *tiroir ;* les branches parallèles sont fixées sur le bois, au moyen de crochets verticaux ménagés à leurs extrémités. Cette *équerre en* U est l'*amarre* de la *bascule ;* et elle constitue, avec cette dernière, l'ensemble du πιττάριον. Ces deux pièces, vues en plan, ont, en effet, la forme de la lettre Π.

**M**. Vincent avait d'abord assigné à l'*équerre en* U une fonction dynamique ; toutefois, dans sa *Batterie*, il a bien voulu adopter l'interprétation qu'on vient de lire du πιττάριον.

Examinons maintenant le détail de la *gâchette*, que le savant académicien fait *pivoter*, comme le *serpenteau, dans le plan vertical, et d'une manière identique*.

Ce dispositif est un cercle vicieux : la même *cause d'instabilité,* qui réclame pour le *serpenteau* l'*intervention de la gâchette,* réclame également, pour celle-ci, une pièce *calante,* un verrou, τὴν σχαστηρίαν.

D'un autre côté, les figures de la *Bélopée,* d'accord avec les exigences de la statique, établissent la *gâchette* sur le côté du *tiroir,* de manière qu'elle en arase la face supérieure, en pivotant autour d'un axe vertical. Terminé par une fente longitudinale, le bec de la *gâchette* mord la queue du *serpenteau ;* et un faible écartement suffit pour opérer la détente.

Enfin, la figure d'ensemble de la *Batterie* de la *Chirobaliste,* dans les manuscrits et dans l'édition de Thévenot, montre la *gâchette,* appuyée contre la queue du *serpenteau,* et obliquant, vers l'autre extrémité, sur la gauche du *tiroir.* Elle y rencontre même, auprès de son *pivot,* la plus longue des deux branches de l'*équerre en* U du πιττάριον.

Or, le dispositif de la *Batterie,* présenté par M. Vincent, ne tient aucun compte de ces données antiques. La queue de sa *gâchette,* au lieu de se redresser en contre-haut du *tiroir,* plonge verticalement dans le corps de l'arme, mutile la languette en queue d'hironde et le fond de la *coulisse,* et vient saillir au-dessous, où elle peut être pressée du doigt, comme la détente d'un fusil ; de plus, étant fixée sur le *tiroir,* cette pièce en suit tous les mouvements ; de là, nécessité de mortaiser la *coulisse* sur une certaine longueur ; mais cette incision est impossible, à cause des *arcs-boutants* qui, de l'*échelette,* viennent s'assembler à onglets sous la *coulisse,* dans l'endroit même où la fente doit être pratiquée.

Toutes les particularités indiquées dans l'auteur sont, au contraire, pleinement observées dans le mécanisme de la *Batterie* annexé à la traduction ci-dessus. Le pivot de la *gâchette* est sur la gauche du *tiroir;* son bec saisit le *serpenteau* dans l'axe même de l'arme ; et sa queue, recourbée en forme de lézard, va dépasser, vers la droite, le bord du *tiroir.* De cette manière, l'écartement de la tête se trouve, dans la détente, moindre que celui de la queue, et il réunit l'avantage d'un effet instantané à celui d'une manœuvre très facile.

Enfin, la branche de droite de l'*équerre en* U est plus courte que celle de gauche, conformément aux manuscrits, afin de laisser toute liberté d'écart au bec de la *gâchette.*

Voici d'ailleurs les preuves qui militent, aux yeux de M. Vincent, en faveur de la *boucle à deux étages de sa bascule :*

« Le titre du traité de la *Chirobaliste* ou *baliste à main,* dit le savant académi-
« cien dans sa *Dédicace à S. M. l'Empereur,* indiquait suffisamment qu'il s'agissait
« là d'une arme portative, destinée à lancer *principalement des masses,* telles que
« pierres, balles ou légers boulets comparables à nos biscaïens; tandis que,
« d'un autre côté, les pièces, composant la première planche (*Coulisse et tiroir*), fai-
« saient voir clairement que l'arme était une sorte de *gastraphète,* devant *servir*
« *également à lancer des projectiles aigus;* ce qui est d'ailleurs conforme à la signi-
« fication généralisée du mot *baliste,* telle qu'elle fut admise dès une haute an-
« tiquité.

« Quelques pièces, représentées par les figures suivantes, celles qui compo-
« sent la *Batterie,* l'*Échelette* ou *Climakion,* qui se retrouve ici sous la dénomination
« déjà connue, confirmèrent ce premier aperçu. »

Le premier de ces alinéas renferme une contradiction, le second une appréciation inexacte.

Si le titre de *baliste à main* suffit pour indiquer un *pierrier portatif,* peut-il suffire, en même temps, même dans sa signification la plus généralisée, pour désigner une *arme à lancer des projectiles aigus ?*

La *Note du Moniteur* évalue à 55 grammes le poids moyen d'un biscaïen de terre cuite ou de pierre, correspondant au *module* de la *Chirobaliste*. A la densité de 2.75, le diamètre de ce projectile serait d'environ 1 doigt 1/2 (35 millimètres). Or, la largeur du *tiroir* n'étant que 2 doigts 1/2, elle ne peut offrir un siége bien assuré à un projectile sphéroïdal de ce diamètre, trop volumineux si on le compare à la base sur laquelle on le pose; trop léger pour une arme dont le seul poids permet d'y emmagasiner la force vive d'un choc de 25 kilos [1].

Les raisons philologiques sont d'ailleurs contraires à l'hypothèse du savant académicien. D'après M. Alexandre, βαλλίστρα est un néologisme. Juste Lipse, cité par Baldi (*De significatione Vitruvianorum vocabulorum, p.* 15, *Edition d'Amsterdam*), remarque que les tacticiens grecs préfèrent toujours, au mot βαλλίστρα, les termes plus précis de πετρόβολοι, πετροβολικά, λιθόβολοι, ἀφετήρια ὄργανα, pour désigner des *pierriers*. Βαλλίστρα aurait donc eu, dans l'antiquité, un sens différent de celui que lui suppose M. Vincent.

Philon dit, du *pierrier aérotone* de Ctésibius : τοῦ κληθέντοςκαταπέλτου λιθοβόλου. Biton, dans son Traité περὶ πολεμικῶν ὀργάνων καὶ καταπελτικῶν, décrit d'abord deux *pierriers*, qui lançaient en même temps des *dards*; puis, sous le nom de *gastraphètes*, d'autres machiques gigantesques, qui lançaient deux flèches à la fois : dénomination conforme aux principes de la *Bélopée*.

Il est aisé de voir pourquoi le *gastraphète* est, par essence, une arme à lancer des *projectiles aigus*. La *grande longueur* des dards détermina, dès l'origine, les *formes allongées* de la *coulisse* et du *tiroir*; en complétant ces pièces par une *crosse* transversale, on obtint une machine *assez longue*, pour être bandée par la pression de la *crosse* contre la poitrine et du *tiroir* contre le sol : de là le *gastraphète*. Dans les *balistes*, au contraire, le projectile, logé dans une sorte de *cuiller* ou de *main*, pratiquée à l'extrémité d'un battant brusquement redressé par la détente d'un câble tordu, était projeté dans l'espace, à l'instar d'une pierre lancée à tour de bras. La *Chirobaliste* est, dans toute son économie, destinée à lancer des dards.

L'*échelette* transversale, clouée sous la *coulisse*, fournit, selon M. Vincent, une base à son hypothèse. Le savant académicien y voit le support même du projectile, qu'il conclut de là être une pierre. Or, l'*échelette* est établie à près de 6 doigts en contrebas du dessus du *tiroir*, siège obligé du projectile. Dans le cas d'une pierre, il y aurait coïncidence, superposition, mais non solidarité, entre le *siège du projectile* et l'*échelette* : *super hoc, sed non propter hoc*.

La *boucle étagée* n'est donc pas appuyée sur des bases philologiques d'une *suffisante consistance*; d'ailleurs, si la *corde archère* pouvait frapper le projectile à une hauteur variable, le plan balistique serait continuellement déplacé : l'arme manquerait de *précision pratique*.

---

[1] Dans ses calculs relatifs à la *Chirobaliste*, M. Vincent avait évalué à 20 drachmes, soit 90 grammes, le poids du projectile rond, de 2d 1/2 de diamètre, qui correspond au *module* de la machine. Mais ce diamètre, égal à la largeur du *tiroir*, lui aura paru compromettant pour la *boucle étagée* de sa *baliste*; et le savant académicien l'a réduit à 1d 1/2, double de la surélévation du plan balistique de l'arme au-dessus du *tiroir*. Dans cette hypothèse, il faut que le projectile rond ne soit retenu dans aucune cavité, sous peine d'être frappé au-dessus de son centre C'est que le diamètre de 1d 1/2 convient logiquement à un trait de 30 doigts de longueur environ, qui s'amincirait de l'arrière à l'avant, et qui pèserait plus de 300 grammes.

## Note III. — Restitution définitive des Pivots et leviers.

Les Théorèmes précédemment établis sur la *Chirobaliste* ont mis en lumière la constitution de l'organe moteur de l'arme ; et la seule *inclinaison* des *cadres à ressorts*, par rapport à la ligne de mire, a permis d'en conclure les principes suivants :

1o Chaque levier pivote autour de *son milieu* ;

2o La position initiale des leviers est *dans le plan des pivots* ;

3o Quand la machine est armée, le *point d'appui du levier* sur le ressort, le *pivot*, et le *doigt adjacent* de la bascule du tiroir, sont *en ligne droite* ;

4o Il est impossible, pratiquement, de tendre la corde archère dans le *prolongement des bras* [1] ;

5o Enfin, la *force balistique croît plus rapidement* que la *tension des ressorts*, et leur est *supérieure, de moitié environ*, au maximum de tension du système [2].

A l'époque de ma collaboration avec M. Vincent, il ne fut pas question de déterminer mathématiquement l'épure de l'organe moteur. Lorsque je lui présentai, pour la première fois, le 28 novembre 1861, mon dessin d'ensemble de la *Chirobaliste*, avec ses *ressorts* et ses *leviers conoïdes*, j'avais suivi d'abord les analogies de la *Bélopée*, et fait saillir les bras *en dehors* de la *cage*. Les *pivots* étaient placés *à l'intérieur*. Le savant académicien, guidé par les indications des bas-reliefs de la colonne Trajane, où des machines de ce genre n'offrent aucune apparence d'organe moteur, me conseilla bientôt d'établir les *bras en dedans*, avec les *pivots en dehors*. J'adhérai avec empressement à la première idée, mais je persistai à laisser les *pivots dans l'intérieur* de la cage. Ce dispositif réalisait, en effet, selon moi, de nombreux avantages qu'il est inutile d'indiquer ici. M. Vincent, après avoir hésité à sacrifier ses *pivots extérieurs*, me laissa libre d'achever la restitution complète des détails.

Le mode d'assemblage des *pivots* et *colliers* avec les cadres élastiques fut, toutefois, réglé suivant l'interprétation, faite par M. Vincent, du passage de Philon (Thévenot, p. 70), relatif au mécanisme de la machine *chalcotone* de Ctésibius. Le savant académicien pensait, d'après ce passage, que les *pivots* sont très-rappro-

[1] M. Vincent n'a jamais voulu reconnaître cette impossibilité, démontrée pourtant par les principes de la statique. Les dessins remis à S. M. l'Empereur, par le savant académicien, représentent la *corde* et le *levier en ligne droite*.

[2] Des expériences pratiquées sur les ressorts d'acier d'un modèle en *demi-grandeur* de la *Chirobaliste*, que je viens de faire construire, ont donné 1 millimètre de flexion, par kilogramme d'effort au milieu du ressort. La force balistique totale, ayant pour expression $F = \dfrac{32\,P\,E\,pab^3f\cos\theta}{\Delta^3 B\cos(\theta+\omega)}$, le rapport $\dfrac{b^3 f\cos\theta}{\Delta^3 B\cos(\theta+\omega)}$ reste constant, quelle que soit l'échelle, par suite, des ressorts de grandeur naturelle auraient une *force balistique quadruple* de la précédente ; car, l'on aurait $p' = 2p$, $a' = 2a$. Ils exigeraient ainsi 2 kilos par millimètre de flexion ; soit 24 kilos pour la flexion totale de 1/2 doigt. La force balistique totale serait ainsi de 2 1/2 (24) = 60 kilos.

chés des *ressorts*, dont les traverses supérieure et inférieure supportent les *colliers*, auxquels sont adaptés ces *pivots*. En outre, les *chapes* en bronze, décrites par Héron, paraissaient à M. Vincent de véritables *crapaudines*, recevant les tourillons des *pivots*.

Or, voici le passage de Philon :

« Le talon du levier s'appuyait contre le cadre des lames flexibles. Ce bras « traversait un collier de fer, qui en embrassait le contour, et qui se reliait à la « cage, par ses extrémités, au moyen d'étriers de même métal ; mais, pour ne « pas fatiguer le bâtis de la cage, ces étriers, de forme arrondie, s'assemblaient « avec les cadres des ressorts. Enfin, à l'extrémité du bras, s'ajustait une virole « en bronze, traversée par une broche, qui s'engageait dans l'axe du levier, jusqu'à « la feuille de lierre (τὸ κισσόφυλλον) qui en faisait le prolongement. »

Cette description jette une vive lumière sur l'ensemble des *pivots* et *leviers* de la *Chirobaliste*. Les *étriers* ou supports des *pivots* étaient aussi, d'après Héron, adaptés aux *ressorts* eux-mêmes : κανόνες ἔχοντες συμφυεῖς κρίκους. — Philon en fait connaître la raison : πρὸς τὸ μὴ πονῆσαι τὸ πλινθίον, *pour ne pas fatiguer le bâtis*. Dans les deux auteurs, la forme arrondie de ces *colliers* est nettement indiquée ; de plus, ils avaient assez de flexibilité pour céder aux légères déformations du cadre élastique. Héron leur donne, en effet, un doigt de largeur, et une *épaisseur égale à celle des ressorts*, τὸ δὲ πάχος τὸ αὐτὸ τοῖς κανονίοις. Au lieu de poser ces pièces dans le sens le plus convenable à la flexion, M. Vincent en a fait des disques aplatis, et percés d'un œil central, de un doigt de diamètre ; le savant académicien a confondu εὖρος, *largeur* ou *diamètre* de l'évidement des colliers, avec πλάτος, qui signifie toujours *largeur* ou *diamètre* d'une *surface pleine*.

En installant ses *colliers* aux extrémités des *cadres* flexibles, M. Vincent a été obligé de donner aux *pivots* une longueur démesurée, égale à la hauteur des *cadres*. Le texte assigne *trois doigts de long* aux *pivots*, κανόνια, qui s'assemblent de profil dans les *entailles* des *chapes* de bronze ; et ces *pivots* ont deux tiers de doigt en largeur (ou en diamètre). Mais le savant académicien a vu, dans les κανόνια, des *clavettes*, servant à fixer l'assemblage de ses *crapaudines* avec les *colliers* extrêmes. De sorte que sa traduction ne mentionne les *pivots* que par interpolation [1].

Ces κανόνια de forte dimension ne peuvent pratiquement servir de *clavettes*, et leur assemblage, nettement défini, avec les *chapes* de bronze, révèle les *pivots* eux-mêmes. Les *chapes* se relient simplement aux *étriers*, au moyen de *chaînons* indiqués par les manuscrits et par l'édition de 1693. La faible amplitude de l'oscillation des *leviers* permet, en effet, d'obtenir, à l'aide de ces *chaînons*, une mobilité suffisante ; en outre, la faible épaisseur des *pivots* exige qu'ils soient aussi courts que possible. Enfin, au lieu des *crapaudines* imaginées par M. Vin-

---

[1] Je le faisais remarquer au savant académicien, le 30 janvier dernier, en lui remettant, sur sa demande, ma *note* interprétative de ce passage. Dans cette *note*, j'expliquais alors que la *chape* en bronze, assemblée à tenon avec le *pivot*, se terminait en forme de *tourillon*, et s'engageait dans le *collier*. Je supposais, avec M. Vincent, que la rotation se faisait autour d'un *axe emboîté*, et je remarquais, à l'appui de cette conjecture, que le contact du bronze avec le fer avait *peut-être* pour but, aux *yeux des anciens, d'adoucir le frottement du tourillon dans sa crapaudine*. En dernière analyse, je crois que les *chapes* des *pivots* étaient des pièces *ornées*, que l'on *moulait en bronze pour la commodité pratique*. Quant à ma *note* sur les *pivots*, n'ayant revu depuis ni la traduction ni les dessins que j'avais faits pour M. Vincent, et qui ont été retouchés par un tiers, je ne puis affirmer que mes idées sont passées dans le travail. Mais si les κανόνια s'y trouvent traduits par *pivots*, mon opinion a prévalu.

cent, il faut admettre le dispositif des *chapes* en forme de *clochettes*, indiquées par les figures de tous les manuscrits, avec un *anneau évidé* à leur extrémité voisine des colliers, et décrites dans le passage relatif aux *crochets fixes* ou pitons, κρίκους, adjacents *à l'extrémité en anse de panier des chapes*, περικειμένους τῇ κυρτῇ ἐπιφανείᾳ τῶν κυλίνδρων, et présentant un doigt deux tiers de largeur, avec une épaisseur égale à celle des *ressorts*.

Le caractère saillant de l'organe moteur de la *Chirobaliste*, c'est que toutes les pièces qui *peuvent concourir*, par leur flexion, à *augmenter la puissance balistique* de l'arme, ont une épaisseur *égale* à celle des *lames des ressorts* : ainsi, les *étriers*, les *chapes*, les *pitons* de suspension des *pivots* et les *fourchettes* du toit. L'intention de l'auteur se révèle dans cette uniformité du rôle assigné à ces diverses pièces. C'est la raison principale que je soutenais, dès l'origine, en faveur des *ressorts métalliques*, à l'exclusion de l'*air comprimé*.

Enfin, le passage précité de Philon indique que le *pivot*, au lieu de traverser le *bras*, et par conséquent, d'en affaiblir la section dangereuse, portait en son milieu un évidement ou *collier*, dans lequel s'engageait le *levier*. Le renflement du talon retenait le *bras* dans ce *collier*, pendant la tension de l'arme ; mais, à la détente, le *bras* reculait vivement vers le *ressort*, et produisait sur la *corde* une vibration violente, qui, dans la *Chirobaliste*, est encore assurée par la mobilité des *chaînons* de suspension du *pivot*. Le § 5 du traité d'Héron, dans la description des *Leviers balistiques*, laisse entrevoir, au deuxième alinéa, un dispositif analogue, dont la version permettrait de restituer le texte de cet obscur passage.

Note IV. — **Sur le principe moteur de la Chirobaliste.**

Le 28 avril dernier, j'eus l'honneur d'être admis à présenter à S. M. l'Empereur un modèle de *catapulte aérotone*, que j'avais fait construire, d'après le désir de M. Vincent, en juin 1861, en vue de réaliser le moteur assigné à la *Chirobaliste,* par les Κωρυκώδη du savant académicien. Sa Majesté daigna m'exprimer sa satisfaction pour la bonne exécution de ce modèle, dont les *réservoirs d'air*, formés d'enveloppes en baudruche et en caoutchouc, ne reposent en principe sur aucune donnée archéologique. Ces réservoirs ou *ballons*, pressés par des *pistons*, font mouvoir les *leviers balistiques* de l'arme, dont les détails secondaires sont d'ailleurs extraits d'Héron, de Philon, et des bas-reliefs de la colone Trajane.

Je passe sous silence les longues discussions suscitées, entre M. Vincent et moi, au sujet de l'organe *aérotone* de cette machine. Il fallut renoncer d'abord aux *pistons frottants* de Ctésibius, décrits par Philon (Thévenot, p. 77-78) : ils ne pouvaient retenir l'air, qui s'échappait par le contour du joint. En attendant le résultat des expériences entreprises sur la baudruche et sur le caoutchouc, je plaçai sous les pistons des *ressorts à boudin* en acier, qui donnèrent des effets excellents. Aussi, dans sa *Dédicace à S. M. l'Empereur*, M. Vincent fait remarquer que cette machine est, à volonté, *sidérotone* et *aérotone* [1]; mais il omet de rappeler qu'elle a pour origine ses conjectures prématurées sur le moteur de la *Chirobaliste.*

L'unique trace de l'emploi de l'*air comprimé*, comme force balistique, chez les anciens, se trouve dans la description du *pierrier aérotone* de Ctésibius, par Philon (Thévenot, p. 77-78). Mais cette description est le résumé d'une expérience isolée, dont le succès n'a jamais été sanctionné par la pratique courante. Il est impossible, en effet, de comprimer de l'air dans un récipient cylindrique, au moyen d'un piston frottant, sans qu'il se produise, autour du piston, une déperdition de fluide, qui doit finir par épuiser la masse primitivement emmagasinée dans le réservoir.

Jusque sous la plume de Philon, éclatent les preuves de cette impossibilité pratique; en voici quelques-unes :

1° Philon, après avoir décrit avec complaisance, et dans leurs minutieux dé-

---

[1] M. Vincent a voulu donner aussi une base philologique d'une *suffisante consistance* aux *ressorts à boudin* provisoires de ce modèle. Il me montra un jour une figurine que je reproduis ci-contre :—Ceci, me dit-il, est un hiéroglyphe égyptien, qui prouve l'existence des *ressorts à boudin* chez les anciens. Je l'ai expliqué à mon confrère M. Lenormant, qui ne pouvait en déchiffrer le sens : il signifie *la voix qui vient de loin*. Or, tout indique que c'était une arme à *lancer des flèches*, par la détente d'un *ressort en spirale*, logé dans le *tube* ou *canon* adapté à la *crosse*, et, comme le mot *voix* est synonyme de *bruit*, il faut admettre qu'il se faisait une sorte de détonation, à l'instant de la détente.

tails, les principales machines en usage, déclare qu'il ne parlera que sommairement (κεφαλαιωδῶς) de la machine *aérotone*.

2° Il explique d'abord un essai, tenté par Ctésibius, sur un récipient isolé.

3° Insistant sur les difficultés de l'alésage du cylindre et de l'ajustage du piston, Philon prévient les objections probables, en déclarant, avec emphase, que ces difficultés n'ont rien d'extraordinaire : Μὴ θαυμάσῃς δὲ μηδὲ διαπορήσῃς εἰ δυνατὸν οὕτω χειρουργηθῆναι.

4° A l'appui de cet essai, Philon cite l'exemple de l'*orgue hydraulique*, où l'air est introduit au moyen d'une *soufflerie*, ou pompe de compression. Mais cet exemple est *très-différent* de celui du *réservoir aérotone*, qui ne doit pas perdre la moindre particule de l'air qu'il renferme, sous peine de se détraquer promptement; tandis que la *soufflerie* peut laisser passer de l'air, par le joint du piston, la masse du fluide en excès étant *renouvelée sans cesse*, et *plus que suffisante* pour assurer l'effet prévu.

5° Le réservoir *aérotone*, comprimé jusqu'à faire jaillir la flamme, comme dans le briquet à air (πολλάκις δὲ συνέβαινε καὶ πῦρ συνεκπίπτειν διὰ τὴν ὀξύτητα τῆς φορᾶς), devait bien plus facilement se décharger d'air, sous cette énorme pression, que la *soufflerie* de l'orgue hydraulique, mue, suivant Héron (Πνευματικά), par les ailes d'une sorte de moulin à vent.

6° Le soin pris par Ctésibius de munir le piston d'une garniture et de graisser intérieurement le cylindre (πρόθεμα ἐπιθεὶς τῷ κυκλίσκῳ, καὶ περιθεὶς κολλητήριον τεκτονικὸν περὶ τὸ ἀγγεῖον) (1), était prudent, au point de vue de la conservation de l'air. Mais il fallait donner au piston une épaisseur et un serrage de garniture considérables, qui le rendaient rebelle, par le frottement résultant, à tout mouvement puissant et instantané.

7° Philon raconte l'essai de Ctésibius comme une expérience depuis longtemps abandonnée; il parle à l'*imparfait* d'une chose *imparfaite*.

8° Enfin, Philon déclare, en terminant son *Traité* par cette description de la *machine aérotone*, qu'il ne l'a rapportée que pour mémoire, afin, dit-il, de ne pas paraître avoir omis quelque système : τοῦτο πεποιήκοτες ἵνα μηδὲν ἀνιστόρητον ὑπάρχειν δόξῃ.

Telles sont les raisons que j'ai opposées, pendant de longs mois, à celles que suggérait à M. Vincent son hypothèse sur le moteur *aérotone*. On voit qu'il n'était plus question, au fond, de la *Chirobaliste;* c'est Philon qui servait de champ à notre controverse. J'y reconnus, le premier, ces nuances de style qui trahissent, sous la plume même de l'écrivain, le fait qu'il s'efforce de dérober aux regards. La traduction de ce passage, par M. Vincent, ne reflétait nulle part, lorsqu'il me la communiqua, le sens pratique de la pensée de Philon. Si j'ai été assez heureux, par mes objections sur ce passage, pour avoir été utile au savant académicien, j'en ai recueilli la récompense dans l'adoption qu'il a pu faire de mes idées (2).

¹ M. Vincent avait traduit πρόθεμα (objet *préservateur*, *garniture*) par un *couvercle*, et κολλητήριον τεκτονικόν (*graisse à outil*) par *soudure*.

² Au mois d'août dernier, M. Vincent me demanda un jour, pour M. le capitaine de R..., quelques croquis de la machine *polybole*, décrite par Philon. Le lendemain, après les premières civilités : — J'ai fait, lui dis-je, une trouvaille philologique, dans le mot Σκοπίδιον, qui commence la description de Philon. — *Scopidion !* s'écria M. Vincent, c'est un mot altéré; donnez-moi le Thévenot. Vous voyez, continua-t-il, la note que j'ai mise ici, au crayon, en marge de la page 73 : ce n'est pas *scopidion*, c'est *scorpidion* qu'il faut lire. — Mais alors, monsieur, repris-je, comment l'entendez-vous ? — Bien simplement, dit-il : *Scorpidion*, c'est le *scorpion*, c'est-à-dire, la *griffe* qui tient la corde archère ; c'est le *chien*, le *dragon*, le *serpenteau*, comme il vous plaira. — Il faut vraiment, monsieur, répliquai-je, reconnaître

Au rapport de Philon, les Grecs entaillaient à peu de profondeur l'encoche des traits lancés par leurs catapultes, afin, dit-il, que l'ennemi ne pût pas les retourner contre eux. Cette incision exigeait, en effet, beaucoup de soin, μεγὰ γὰρ πρᾶγμα τὸ χηλῶσαι, καὶ πολλῆς ἀσφαλείας δεόμενον.

M. Vincent ayant omis, en ce qui me concerne, d'observer une précaution analogue, je pourrais établir ici l'ensemble des faits qui font ressortir, dans sa correspondance, ma part prépondérante de collaboration à la *Chirobaliste*. Je prouverais, à ce sujet, que le savant académicien m'avait fait la promesse formelle de citer mon nom à côté du sien, dans le travail présenté à S. M. l'Empereur. Je prouverais que M. Vincent m'avait donné raison sur tous les détails du texte d'Héron, et qu'il n'est pas le *véritable traducteur de la Chirobaliste*. Je prouverais, enfin, que je n'ai travaillé qu'à mon corps défendant, aux essais de *Balistique aérotone* tentés par M. Vincent. Mais je resterai fidèle à la promesse que j'ai faite au début, d'éviter toute personnalité qui amoindrirait mon savant compétiteur.

---

en ce *scorpidion* un *chien* de belle taille : lisons, je vous prie, le reste de la phrase.—Nous vîmes que cette pièce variait, en longueur, de 24 à 36 doigts ; soit, à l'échelle philétérienne, de 54 à 84 centimètres.

M. Vincent parut agité : Voyons ma traduction, dit-il.—La traduction rendait fidèlement, à la suite du *scorpidion*, les dimensions indiquées par l'auteur.

— Mais enfin, reprit-il, en fermant le cahier, quelle est donc votre trouvaille? — Il y a vingt siècles, lui répondis-je, *scopidion* désignait une arme de guerre, qui, plus tard, a fait nommer le *schioppo* (fusil) des Italiens, et notre ancienne arme à feu, l'*escopette*. Le *scopidion* de Philon, c'est proprement le *corps de l'arme*, la pièce qui *ajuste le but*, scopum. Voilà, monsieur, ma trouvaille.—Je reverrai ce paragraphe, me dit le savant académicien.

Quel giorno più non vi legemmo avante.

(DANTE.)

F I N.

---

PARIS.—IMPRIMÉ CHEZ BONAVENTURE ET DUCESSOIS, 55, QUAI DES AUGUSTINS.

www.ingramcontent.com/pod-product-compliance
Lightning Source LLC
Chambersburg PA
CBHW060858180626
46818CB00004B/1751